# 心に刺青をするように

吉増剛造

藤原書店

心に刺青をするように　目次

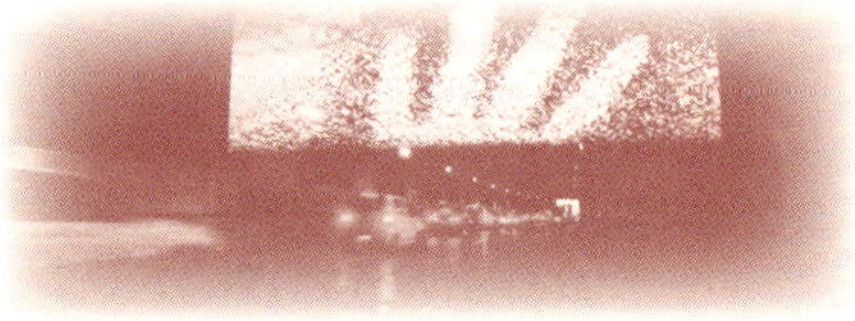

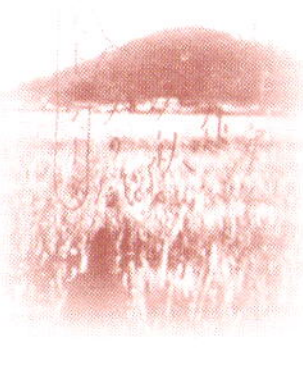

ASHLEY

ENGLE
HUALING NIEH
PAUL HAMILT

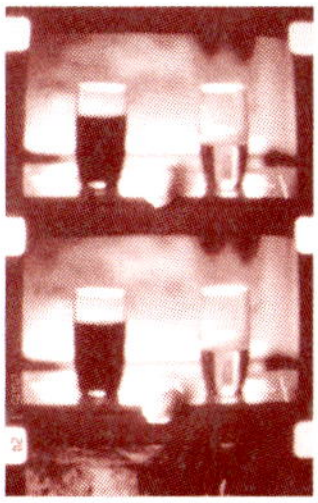

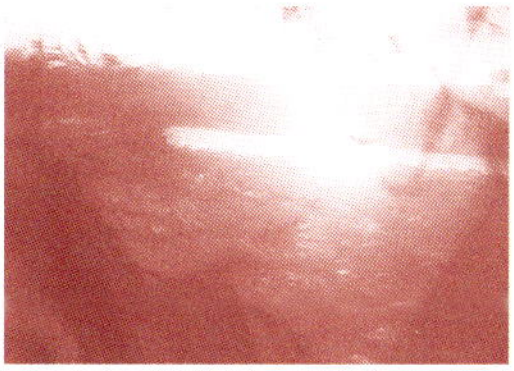

# 書物モマタ夢ヲミル

吉増剛造

書物モマタ夢ヲミル。（一五一頁ノ女性ノ一瞥あるひは、クロード・レヴィ＝ストロースのとしつきのきざみから）『心に刺青をするように』（……といいます、永年、島尾敏雄ミホ論のためにあたためてきていた、小鳥か小鳩に似たタイトルがここに、……）。

あるいは（二五四頁、鶴見和子さんの『いのちを纏う』の忘れがたい、……ほとんど思考の芯のような〝纏う〟を借りて、……）『纏う言葉』としてみてもよかったのかも知れなかった。

そしてまた（この稀なヒトとも鶴見和子さんにも生前お逢いが叶わなかったのだが、一九七頁、イバン・イリイチ氏のこれもいつまでも心に残る、……）『注意深く目をそらすこと』を、夢の標題としてもよかったのだが、……。

この書物は、『環』（季刊学芸総合誌、二〇〇〇年一月0《ゼロ》号、二〇一五年終刊号五月号・六十一号）

とほゞ同行をした『機』の毎月の文章を集めた、……というよりも居並んでもらったものだ。七年間八十回の言葉の樹皮に触れていて、〝書物ニハトキガナイ〟と思いも掛けない声がしていた。それは『環0《ゼロ》号』の折に、印象的な出逢いを記していた故フィリップ・ラクー＝ラバルト氏（本書二七六頁の〝……再標記すること、しかしその窪みにおいて、あるいはその陰画《ネガ》において、……〟）から響いてきている声でもあったのだろう。おそらく、書物ハソノ（〝窪ミ〟ニ……）夢ヲミル。

2016. 3. 31 Tokio

心に刺青をするように

装丁　井原靖章

# 1 沖縄平和通りと那智ノ瀧

あたらしいこころみ、——。心躍りによってはじまり、立ち上って来る何か。

（〝傍点〟と印字の指定を朱筆で入れて、その刹那—咄嗟に想ひ浮かべられているらしい〝色〟と〝複雑した〟蕪村か鉄斎か、あるいは漱石かウィリアム・ブレイクかの〝心の絵〟と〝心の移ろい〟のその隣の何か——〝隣の何か、……〟ここに、あるらしい〝廊下〟か〝縁台のあるような場所〟そこ、——に、ふと気がつく。）

「*double vision*」と、先ず通しタイトルを記したのだが、……

（第一回目のための縦に長い上の画面に見入って、しばらく、三重うつしになっていることに気づいていました。〝もっと重なるともっといい、……〟古人のこれは小声だろうか。〝襲？　プリーツ？〟これは、古（いにしえの）巴里の？　古欧州のご婦人の声だろう。「画面」、天地は沖縄国際通り入って平和通り、さらに入って平和通り裏路、——。天地逆は、熊野の名瀑那智瀧、——。愛用の*Fuji*

那覇市
平和

*TX-1* フルパノラマで縦位置に撮って、それが、床の間の掛物かその記憶、あるいは狭くうすいところからみられている、なんだろう、縦に長い物のひかりの化現であるらしいことに気がついたのは、*Parco-Logos* での展覧会場でだったが、いままた、『機』のあたらしいこころみの機会に恵まれて、うつっているもの（色、空気）、シーンを眺め直すと、二様の天地那智瀧と平和通り（の、正確にいうと、「平和通り商店街振興組合」の事務所の看板、――あたたかい、降る雨に、洗われていたらしい、木目が美しい。そこに〝書字〟が乗っている、……）の画像の外に、外にか、あるいは下にか、横位置でもう一葉、別の世界が乗っているのに気がついていた。だから、……正確には、三重。あるいは、……。）

（絵葉書の、……）

こころみ、――。

*triple ∞ vision*

陸上の奇妙な競技に「*triple jump*」というのがあって、いつまでも、あの空中の姿勢が気に掛って居る。古代ギリシャから、あるいは太古アフリカ時代から、あんな「空中の姿」に、わたくしたちは拍手を送って来ていたのではなかったか。（忘れてしまうための記憶装置。忘れていくための〝みちのり〟の途上に、……ね。）

# 2 嘉手納、嘉手納　汝ガ名ハ嘉手納

『機』（先月二月号が、とゞいた刹那に、目を瞠った、……）、単色（何という名なのでしょう、インキの名を、今月からこの頁を担当してくださる西泰志さん、ぜひ詳しくメーカー名まで誌上で、おゝしえくださいますように、〝大日本インクというメーカーの藍のセットインクです。〟）のハッショクが、フル・カラーよりも、白黒よりも、眼の慣れの薄紙を破って、……物にあたらしいひかりを浴びせかけている、……。驚いた。ブルーなのだろうか。きっともっと微妙な物質の言葉ではないだろうか。ふっと（この三、四ヶ月親しんでいる、）道元さんのいった「青山常運歩」の色のうごきが眼底に浮かぶ。〝山の歩み〟や〝山のうごき〟よりも、色のうごきのはこびやはたらきが、……と思う刹那に眼の底や縁《ふち》には、あたらしい影、姿が（テレビでみたのか、スカラベと、高橋尚子さんが町角を過ぎる、風と姿が、……）歩をはこぶ。薄い、靄、霧のようなもののはたらきが、それぞれにはなれてみえて来る気がしていた。青い墨

の匂い、シンプル（*single ?*）カラーが、目覚しい。
『機』の本欄の校正（これもまた〝運歩〟なり。）の次の道をた、ど、る、……（*trace* あるいは *follow*、アルファベットの筆蹟の波の芯のようなものをも、記憶や心といわれるものが、辿ろうとしているのかも知れません）。不思議なもの、写真の目覚ましい〝刹那のめざめ〟が、〝わたくしの眼〟をはこんで行って、わたしは再《マタ》（折口語彙、……）沖縄平和通り裏通りに蹲《たゝず》んで居た（二〇〇一年、二月一日、正午頃）。発表後、事後の（何処に発表しようとも、誰に見せようとするのでもない……）奇妙な写真を〝わたくしの眼〟は〝わたくしのカメラ〟はうつしていた、そのときの奇妙な時間、時間感、……。（ここも〝猫町〟で、どうしてシャム猫なのだろう。通行人と初めて話して、再、もう一歩、裏町の少し奥へと歩をはこびはじめていた、……）。

嘉手納、嘉手納
汝ガ名ハ嘉手納

沖縄で夏に（二〇〇〇年八月、……）与那覇幹夫さんと浜川泰子さんに連れられて行って、初めて登った〝アンポの丘〟で、不図口を衝いてゞたのが右の〝フレーズ〟。我那覇《がなは》さん、与那覇《よなは》さん、与那嶺《よなみね》さんの俤も、口《くち》ー継《つ》ぎ、口《くち》ー接《つ》ぎの刹那の呼吸（の生まれるとき、……）には眠って居る。それと、〝嘉《か》ー手《で》〟〝手《て》〟 *or* 〝手《ティ》〟（徳之島の地名〝手々（ティティ）〟、……）、……までは判る。それを、奄美の名瀬の盛り場の夕暮の光（「シネマパニック」という映画館前の細道、……）の射すところまではこんで行ったのは何か。誰か。

# 3 わたくしは刹那に倖せをみた（*Jonas Mekas*）――林檎

親友《とも》のメカスさん（*Jonas Mekas*、詩人、個人映像作家、リトアニア出身。紐育在住、……）の言葉を思い出していた。新作の見事な写真集『*JUST LIKE A SHADOW*』（二〇〇〇年九月、ドイツ、*Göttingen*）のページを静かにひらきながら、……。この言葉のなかを舞う細かなちりや色褪《あ》せが（その〝舞い〟や〝色褪せ〟の運動 *or* 運転が、……）めずらしくかつ懐かしい。〝*I will not start to edit my film until dust piles on it or until the color begins to fade.* フィルムに埃がふり積むかさ、色褪せ寸前になるまで「作品化」にはかゝらないのさ、……〟。何故こんなことが懐かしいのだろう、それを考えているときに覚える繁ミ、土、……。そして、なんだかさ、何か（糸屑かハリ……）を拾って摘《ツマ》ム、刹那の感覚、手のさきの感覚なのだろう、それを懐かしいと感じているらしい。

コンピュータ *computer* の液晶の画面を拭うとき会社のお嬢さん方は何を〝手先のさき〟に、〝画面のさき〟に感じているのだろう。「青山常運歩」（道元さんの言葉を先月も引いて、宇宙（青山）がひとゝきも絶間なく歩を運んでいることに触れたけれども、その「青山」の麓か林のなかを、ちいさな人影も又〝歩を運んでいる〟ことを知るとき「青山」は一段と大きく懐かしい、……）の運歩のかわりに、向うから〝手のさき／指《ゆび》〟を拾ってくれるかげを想像しようかしらね。うん、それもよい。（そうだな、……。ちかごろ、わたくしたちは「運」というのを忘れてしまった、……それも、ま、いいけどさ、……）。

盲目の光のうろの蘇《いける》さん、奄美の精霊のような人の姓です。古フランス語の「殻」うろ――

キリストの像の天秤《てんびん》が〝柔かい波の丘の下に〟――幽かにみえていた。

二行はきのう（二〇〇一年三月十三日夜、……）綴った詩行。奄美の一字姓の「蘇《いける》さん」から「活《い》ける」「鱗《うろ》／空《う》ろ」古期フランス語の「殻《から》」、……と迂《う》路《ろ》を辿ったのもたのしかった。（印刷所の方々、西泰志さん、ありがとう。先月号の嘉手納基地の金網の一個処の〝光〟の鱗（うろ）に、眼を瞠りました、……）写真はメカスさんの本の最終頁から。右脇の古タイプライターの字体も入れて、縦長に、――。と、ここまで綴って（三日後、三月十八日、日曜日、西泰志さんから、）校正刷りが郵送で送られて来て、一目で、心が変る。一目で世界が変るということがある。写真を（写真の〝時〟を二〇〇〇年九月十九日、巴里、*Charles de Gaulle* 空港の）林檎にかえます。写真は黄と緑と小さなお人形のかげだけれども、今月のには、どんな色むらが出るのかしら。あみをかけてもいいですよ。これ誰の声だ。

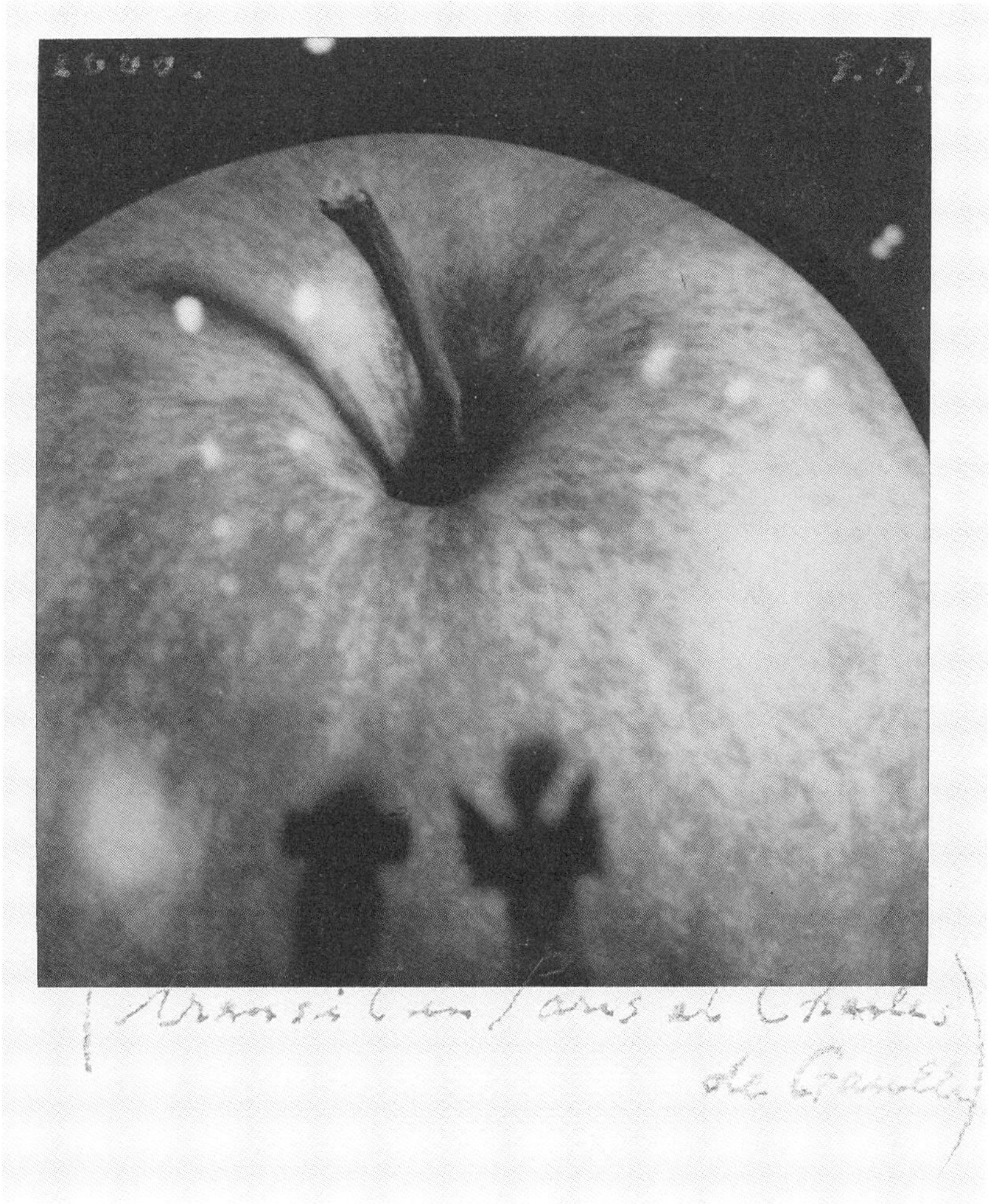

# 4　もののひかりの静かな劇は、……

もののひかり。紙上の光源としてみると、今月の〝石垣島〟（名宿といってよい見事なお宿の、名前でもあって、二〇〇一年四月十一日、石垣愛子さん経営のその宿の「一番座」に、わたしは終日、……雨の一日を坐シテ、過していました。佳日、……）の写眞には、七つか八つの光源が、入って来ている。看板の〝楽天屋〟さんは隣接する（石垣愛子さんの息子さんの、……）*Guest House* だけれども……。〝（紙上に）光源が入って来ている、……〟は語法がおかしい。しかし〝光〟や〝光源〟が獣達《けものたち》のスナをふみしめる柔かい、〝足音の足跡、……〟（この喩は、ともに「沖縄・奄美のヴァイタル・フォーラム」、二〇〇一年四月七日、隣に坐っていた、わが親友（とも）今福龍太の咄嗟の発想／発言から学んだ、……）としてみると、あるいは光源を光足といゝ替えるとき（〝異法〟だけれども、……）、世界はほんのりと匂いを変える。〝匂い〟は、石垣や宮古、八重山や先島の生活の匂いでもあって、……。

民宿 楽天
HOUSE RAKUTENYA

（〝紙上の光源〟を、右上隅の宿の裸電球、右側ナゝメの光は、小生宅の縁側の日向（ひなた）、下の紐は奄美名瀬の野口商店で購い求めた漁具の細紐、中心にホピーのカチーナ・ドール、色鉛筆、下地（したじ）の綺羅〳〵した光は、三月三十日の巴里か、前日 *Lyon* での会のときの「作業台／書記面」の銅葉の文字の光、……と数えあげているとき、中心に右側から立つガラスびんの青に気がついて、慄然とする、……。西泰志さん、印刷の方々、この青の光はどうなるのでしょうか、……ね。）

〝どうなるのでしょうか〟。注内の記述を夢中でしていて、こゝで辿り着いた言葉、〝どうなるのでしょうか〟。言葉は、印刷機の眼（スキャナーというのでしょうか、……）に訊ねているのだろうか、あるいは『機』の刷り色、紙の目にも。「青山常運歩（道元さんの道元さんらしい、澄んだ空気の「青」も、石垣までも、運んで来たのはたしかだった。それにしても、誰が〝運んでいる〟のか、誰に〝運ばれている〟のか。それを訊ねる、訊ね方も、訊ねる方法もなく、自（みずから）の眼も、光源の一ケと数え、その奥へと、奥から覗いているらしい眼の幾つもをも光源の一ケ、二ケ、……四ケ、……と数えている声の無所在（こんないゝ方あるのかしら）に、不図、慄然として、青に気づいていたのかも知れなかった、……）。」もののひかりの静かな劇、……と名付けて、しばらく今月は写眞のために席を空けておく。（「名宿—石垣島」「一番座」。一番座敷なのだろう。「二番座」「三番座」「裏座」とつゞくという。石垣の群星（ムリブシ）のことは高嶺剛監督に聞いて知っていたから、今月、わたしは、あるいは誰かゞ、石垣の〝星〟に、席を空けようとしていたのかも知れなかった、……。〝楽天〟は〝白楽天〟であるのでしょうね。）

# 5　夾竹桃のある枝が言った（高銀）

高銀《コ・ウン》さんの口《クチ》のところに、優しい、海峡のキリがたったのか。あるいは〝モ、……〟の、響きに耳を澄ました〝聴覚の芯の木〟が驚いて、咄嗟に耳も〝旅をして〟その途上に、水煙りがたったのか、……（二〇〇一年、四月二〇日、東京ビッグサイト一〇二会議室、『環』創刊一周年記念シンポジウム、「朝鮮半島と『日本』の関係を捉え返す――網野善彦著『「日本」とは何か』をめぐって」、夕暮、七時頃だった、……。）。高銀《コ・ウン》先生の口から、〝例えば、日本の「娘（むすめ）」は韓国の「머슴애（モスメ）」から伝わり、……〟と柔かな声が、話の道辺に、ハナを咲かせていた、……。いま、喩のミチをさがしながら判然とする。〝モスメ〟の聞こえることのない足音、ときの狭間を縫って踊って行くようなその足の運こび（はこび、……、ほどけ、……〝荷解け〟？）は、足取りは、高銀《コ・ウン》さんの詩心の働きをも、二重三重に、伝えて来ている、……。〝こんな詩人に出逢うとは、……〟というわたくしのなかの驚きの粒焼きもまた、

少し、焦げた海のハナの匂いがしていた、……。なんだろう、刹那のこのよろこびは、——。〃なんだろう、なんだろう〃と、心を働かせて、次の日早朝、藤原良雄さんの司会で（二〇〇一年、四月二一日、アルカディア市ヶ谷にて、）高銀さんと『環』のための対話をしていた。不思議な柔かさ。わたくしたちはいつも途中に出逢う、……。読みすゝめるのが惜しいので、佇んでいた大作『華厳経』（三枝壽勝氏訳、御茶の水書房）のこゝ。〃こゝ、……〃を、わたしは写真に（一葉のアルバム？　一葉の白いfilmに？）うつしとった気がした、……。

「……夾竹桃のある枝が言った。

〃幼いお客！　そこを行くお客。そなたの病気をここに掛けて行きなさい。……もう掛けておいてもいいのよ〃／……枯れた樹の枝が一本、独りで揺れていた。……そして彼の癩病をその枝にどさっと掛けた。

〃遠慮もせずに掛けてしまうの？　かなり苦しかったみたいね〃

……苦しみがいつの間にか彼の体から去って行ったのに気づいた。」

夾竹桃の枝の声が、心なし『머슴애（モスメ）』の声に聞こえて、〃こゝ、……〃に、しばらく立ちどまる。一葉のアルバム、白いfilmも、立ちどまる。写真は（二〇〇一年、五月一二日）名古屋の水野朝さん（香流川のせゝらぎが、うしろから聞こえる気がする、……）の、佳き家、——。水野さんの古きお家が舞台。明け（アケ？　空け？）はなたれた入口から〃わたくしの目〃は、外（ソト？　其戸？）に気がついていた。

2001.5.12.

# 6 〃野〃に、仙人掌《サボテン》の〃美しき〃

## ——二〇〇一年六月九日　小千谷

〃野〃に、仙人掌《サボテン》の〃美しき〃

〃　〃内は西脇順三郎書を、小千谷で硝子越しにうつし「偲ぶ会（二〇〇一年六月九日）」にお集りの皆さんの手に、写真は、アリゾナの仙手掌の二重像ですと、七、八葉、八、九葉を、手渡していた、……。〃手渡す、……〃がいゝ。もう、忘れてしまいそうな〃手渡す、……〃ということ、……

「わたや」の蕎麦に
先生は「八海山」をかけて《ぶっ、……》、なめして《鞣し、……》召し上った、……

……、でしたでしょうか、山本（清）さん、佐藤（順一）さん、……

〃人間〃は舌鼓《したづゝみ》を打たなくなったらお仕舞いだ、……

〃人間〃が、西脇詩語彙の第一位、と思い掛けないことを、「わたや」さんで、お隣りに坐られた村田美穂子さんから聞いていた、……僕は、〃土〃だと思ったけれど、……

〝野〟に、仙人掌《サボテン》の〝美しき〟

〝もう、こんな「歩行」は、わたくしたちには出来なくなってしまいました、……〟
といゝつゝ『旅人かへらず』の、……

〝淋しい／古びた黄金に色づき／あの大きなギザギザのある／長い葉がかさかさ音を出す、
……〟

……、のあたりを音読していたときだったのでしょうか、それとも近藤明さんにたのまれて、色紙に、〝……〟を綴りつゝ「沈黙」とはちがった「残りの思い」がこゝにもと語り合っていたときに芽ばえたものだったのだろうか、……ごらん下さい、西脇さんの文字の、……

〝織る〟の〝る〟、〝美しき〟の〝き〟の辺（ほとり）に、
ふと
ヴァイオリンの名手の手が（〝宇宙的な心細さ〟や〝通りかゝった花茨の丘〟に気付いて）止まりつゝある気がして驚いていた、……

西脇先生は〝タイフーン〟と長嘯される。そのさらに先の指先の〝花茨〟であったのかも知れなかった、……

もうとうに目を失ってしまった台風がのばす手の指先のようにね

……、ごらん下さいますでしょうか「写真」の「文字」の、……そう、

ジョイスだったら、*fainty*というのだろうな仄かなパスが出せるのかね、サッカー選手諸君、

……

〝野〟に、仙人掌《サボテン》の〝美しき〟

さうして、こんな〝かじかんだ、……〟手や、〝かじかむ、……?〟、舌の手にも、気
がついて居た、……

〝人に贈る　手紙のもじの　美しく　書けたる夜の　一時たぬし〟

（良寛さん春秋社版『全集』二九五頁）

さあ、西泰志さん、印刷所の方々に。今月は組ミ（が、良寛さんの組紐か手鞠のように、
浮かぶ空気が出て来ますかどうか、）が、難しい、……
……〝に写っている〟が、西脇さんの詩行だけれども、……その〝ふくらみ〟が、……

〝人間の生涯は／茄子のふくらみ、……に写って来るかどうか〟だ

わたくしたちも、……

地上に遠い
旅が出来る
のではないだろうか

春の七草の一つ、「ほとけのざ」畔などに多い雑草……。〝雑神《ざっしん》〟といういい方を、柳
田國男さんは、したことがあった、……

〝田平子〟〝蒲公英〟〝蒲公英〟〝田平子〟

（根はゴボウ状、葉は土際にロゼット（*rosetta*、根生葉）を作り、春、花茎を出し舌状

あり河あり
と夕陽とが
水織る
の美しさを野

花だけから成る黄色の頭花をつける、……）
〝ばらという字はどうしても／覚えられない書くたびに／字引をひく哀れなる／夜明
に悲しき首を出す／窓の淋しき〟（『旅人かへらず』）

薔薇のかじかみ、かじかむ薔薇の葉《は》も、〝ほとけの座？〟
〝野〟に、仙人掌《サボテン》の〝美しき〟
〝つんぼになって聞えない音楽がききたい〟
たべられない木の実がたべたい
……

〝こわれたガラスのくもりで
考えなければならない〟
（『えてるにたす』西脇順三郎全集第二巻　二七一、二八七頁）

〝野〟に、仙人掌《サボテン》の〝美しき〟
〝……は／ミローの庭の／断面／に黒く流れる〟（『禮記』）

〝乞食の頭を／よこぎる／むらさきの夢〟
僕の頭にも〝むらさきの夢が黒く流れている、……〟
断崖！
〝野〟に仙人掌《サボテン》の〝美しき〟

# 7　高銀氏、雑《まざ》ることの音楽へ

「雑神（ざっしん。この言葉を最初期の柳田國男が『石神問答』で、不図、用いていて、そこから――そこからでよいと思う――種々の道路（みち）を辿って、……）」を、小さな発信源にして、一冊の書物をこの夏（二〇〇一年七月二十三日、岩波書店刊。書名の『剝きだしの野の花』は、藤原書店由縁のアラン・コルバン氏に宛てた〝手紙のような文章〟の題でした、……。東京ビッグサイト、一九九八年一月二十四日の寒い朝だった。「シンポジウム」の始まる十五分前、十時半頃、無料休憩所のベンチに坐って書き終えていて、それが又、〝書くことの前庭、……〟のあらたなるはじまりの経験だった。書くことの庭を少しづゝ〳〵前にだすようにすることの経験のはじまり。十年程の日時をかけて、……。そしてこれは路上で、二〇〇一年六月二十六日、*Verona Italy* の *café* の椅子に腰掛けて、通りかゝった高銀氏の幽かな驚きの心を俤に「あとがき」を綴り終え、……）上梓に辿り着いていた。柳田國男（幼いときには、古郷播磨で〝くんにょはん〟、と呼ばれていた、……）の『石神問答』は、変った姿の手紙集—問答集、それでだからだろう、読み手のわたくしたちも、そこに心を挟《ハサ》ミ込むことが出来る、そんな、……そう、〝雑《まぜ》（種々の色彩の織物を組ミ合わせ、……）る〟ことの音楽の空気があるのだった、……。

風吹く日
風に洗濯物はためく日
ぼくはぞうきんになりたい
……
なんべんでも

# 耐えられなくなるまで濯《ゆす》がれたい

（高銀『祖国の星』金学鉉氏訳）

（高銀《コ・ウン》先生、――。この〝ぞうきん（雑巾）〟は、どんな〝音楽の空気の風、……〟〝音楽の戸口の風、……〟に、吹かれているのか、それは、もう判っているような気がしました。『環』7号での対座につゞいて、『機』の小文の文中で、又、「問―答」が、この〝風〟にさそわれて、不意に始まるとは、思いもかけないことでした、……。わたくしも、この〝風と繊維の音楽、……〟を、〝ぞうきん（雑巾）＝ぞうふ（雑布）〟と、瞬―時に読ミ替えて、その〝読ミ替え〟の瞬《と》―時《き》の〝しるし＝しろさ〟を、読んでいるのだと思います。いゝ詩篇ですね、高《コ》―銀《ウン》先生、――。いつの間《マ》にかわたくしが、高《コ》―銀《ウン》先生のこゝろの〝隙―間〟に、〝音楽〟と〝風〟を、忍び込ませていましたね、……。こっそりと。四十年前の小生の詩句を添えて、括弧をとじましょう。〝おれは雑巾を張りめぐらせた一隻のヨット／血の海原を引き裂きながら進む丸木舟〟。高銀先生が第一詩集『彼岸感性』（一九六〇年）を出版されたときに、その頃に書かれた詩行でした、……。『彼岸感性』という魅力的な題名の詩集も、丸ごと（頬張るように……）読んでみたいもの、……）

〝雑《まざ》ることの音楽へ〟

（高銀《コウン》先生〝濯《ゆす》がれたい、……〟の一語の喚起する景色は見事なものです。〝濯《ゆす》がれ、……〟は、*sway*か*shake*かしら、アジアの赤児たちが、産湯の盥（たらい）で、濯《ゆす》がれている、……、日の下の道端で、……（何で〝道端〟なのだろう、……）そうか〝身体の緒ヲの端、……〟が考えられている。そうか、〝尻尾〟もまた揺れている、……そうでした、……。そして、朝鮮半島の大（変な）苫が、巨きな産湯の盥（たらい）のうみで、濯《ゆす》がれている、……）

ギャラギャラン、ギャギャララーン

銅鐸（ハ、巨大なベルだったのでしょう、……）が、鳴り出して、心を驚かす。

（高銀《コ・ウン》さんの大作『華厳経』の読みさしの頁をひらくと、その頁の、土地の精霊（雑神？）が呼んでいたことを知る。〝善財と尼蓮は葛の蔓を切ってその古い鐘の両耳に掛けて引っ張りだした。鐘はそれほど重くはなかった。その鐘を掘りだすや、その鐘の下の空間から、全く美しい歌声が、ぞろぞろと集まっては地上に上がって出て来始めた。〟（同書一五二頁。三枝壽勝氏訳）そうして、次の行は、

……

「ああ！　歌が！　歌が！」でした。また、思い掛けない道路（みち）をわたくしも、わたくしの言葉も、この「歌」につれられてあたらしい道を辿りはじめました、……。ご一緒した、*Verona*、*Italy*の光と形と、先生の空気を、……、を考えて、写真を。印刷所さんと編集部さん、今月は、どんなあたらしいオーラ（光）を紙上に、紙上の庭に、ゆら（揺）してくださいますか、楽しみに、……。木蔭に楽器の形、……。誰が目にしたのか、誰カ、知る、……。）

# 8　プール平のプールの底に一本の樹木がはえて来ていた

『機』のこの欄は、幾度《いくたび》も、あるいはどの月も、変化し、うごき止《や》むことがない、……。外《ソト》からの風の影響もあれば、下《シタ》からの風の影響もある。奄美の加計呂麻（かげろい、……蔭、櫓（呂）、間、……ヵ）の島陰に今月はいて、タイフーン（二〇〇一年九月八日。台風十六号が、沖縄に、十五号が小笠原に居て、西に向っている、……）の行手に耳を澄まして居た。〝澄ます耳〟と〝（上空を）見詰める眼〟の間（へだゝり　絶え間、……）には、無量無数の手があって、（〝無数無量の天使たちが居て、……〟という〝表現〟を、

もう、わたくしたちも出来るようになって来ている、……）……手に傍点を振っていた。手は無意識の手なのだろうが、……。瀬戸内（奄美の、……）は穏やか、麗しい青空さえのぞいている。面白いものだ。誰かゞ笑っている気がしていた。タイフーンの眼が笑って居るような気がしていた、……とは、これまでは（私は）書けなかったが、奄美の笠利の喜界島を望む浜辺で、九十二才の唄者《うたしゃ》里英吉さんの三《サン》線《シン》の響きと島唄《シマウタ》を（七十才を過ぎた娘さん方が、小屋の庇（ひさし）の下から、古代ギリシャ劇のコロスのように掛声をかけて居た、……）二時間、三時間も聞いているうちに、島唄《シマウタ》の歌詞の影響もある（〝アノ雲のシタニ、愛シイ人ガ、……〟）、タイフーンの眼が笑って居るような気がする、……とい

えるようになって来ていた。里英吉《サトエイキチ》さんについては、次号、次々号と書き継いで行く、……。（ハブに足を嚙まれて、里英吉さんの、右足がない、……）笑顔が、空《ソラ》をみていて、その表情に（その表情に〝歌〟をみて、……）わたくしは、心を打たれたのかも知れなかった。

この欄の変化の報告を。十四、五日前、前のタイフーンのとき（二〇〇一年八月二十二、三日に、中部、関東を襲った台風十一号のことだが、不図綴ってみて、思う。〝前のタイフーン〟、〝前の台風〟が面白い、……）わたくしは（短い）夏の休暇の蓼科（たでしな）に居て前の原稿（『新潮』二〇〇一年十月号「詩ノ汐ノ穴（シノシオノアナ）」）を書いていた、……。書きつゝ、蓼科のプール平の水を抜かれたプールの底を、不思議な褪せた青いペンキの剝がれたプールの底を歩いて、写真をとっているうちに、水底のないプールの底に、一本の樹木が生えて来ているのが視界に入って来た。プールの底の裂け目から樹木《き》が、草が萌《ハ》えて来ていた、……。カラーだと、芥川龍之介の俳句〝青蛙おのれもペンキぬりたてか〟のペンキの青、水の青だが、今月、紙上に〝色〟は、どう出るだろうか。その *film* を運んで奄美、加計呂麻、二〇〇一年九月八日朝、マリン・ブルー・カケロマ前の木のテーブルに、本を二冊置き、そこに、朝のひかりの目がかさなった。

# 9　わたくしの眼も浦島太郎の目であったとは、……

奄美の浜辺で里英吉《サトエイキチ》さんに出逢ったことの驚きが、……里英吉さんが歌う島唄の響く空気の届く範囲の騒ぎと色が、……わたくしの胸に、深く、たな引いている。あらたな火の匂いが、たな引きはじめていた、……。アフガニスタン攻撃のニュースをみていると、特派員（ＮＨＫの、……）のおひとりに、太（ふとり、……）さんという一字姓の方がいた、……。若い、彼の背後にひろがる景色と光、……奄美大島だ。里《さと》さん、太《ふとり》さん、祝《いわい》さん、元《はじめ》さん、求《もとめ》さん、中《あたり》さん、円《まとめ》さん、文《かざり》さん、蘇《いける》さん、……。里さんの歌のなにゝわたくしは驚いていたのか、……。奄美独特の一字姓（〝島の人々には、単姓が多く、それは薩摩藩の強制の末であったが、そうして選んだ島の人の漢字に対する感覚はむしろ素晴らしく、微妙な抵抗であった〟――島尾敏雄氏）を幾つか選んでこうして書いているうちに、〝里さんの歌声の孤獨の強さ、……〟に、歌がもと〳〵持っている力ということに気がついていた。（〝一字姓〟にも、その力がある。かすかに、……）。

『機』のこの欄を読まれる方々に、里英吉《サトエイキチ》氏のオーラ（空気のぜんぶ、……）を伝えられないのは残念だが、伝えたいと思う心に、そのオーラの香りは乗って行くのではないだろうか、……。わたくしにそれを伝えたいと考えられたのは伊藤憲（「テレコムスタッフ」ディレクター）氏だった。その彼からの「メモ」を、サーフボードかカヌーか、一隻の丸木舟として、そしてその船端を叩く波音とゝもに、読者諸氏に、差し出す。

——里英吉さん九十二歳。十八歳まで古仁屋で育ち、それから名瀬と喜界島との連絡船の機関長をして、四十五歳頃から笠利に住み着く。子供の頃から機械あそびが好きで、よく連絡船などの機械室に忍び込み怒られていたという。笠利ではサトウキビ農業を営んだが、

五十歳の時サトウキビ畑の草取りをしていてハブにかまれ、右足を失う。今は、朝食を食べたら、海からの寄せ木で作った自作の小屋でくつろぐ毎日。島唄は十八歳から父親に鍛えられた。父は月の夜、墓場の墓石に背をつけて歌うと上手くなると言ったが、怖くて出来なかった。相撲が大好き。大相撲中継は必ず見る。——

かつて、わたくしは、徳之島に、横綱初代朝潮の生家を訪ねたことがあった。浜辺に土俵があって、……「海の子」のユメと歓声を、遠く想像して、しばし楽しんでいた。だから、里英吉さんの歌声のとゞく天の涯が、わたくしにもよく判る。今月は、里英吉さんの歌声のオーラに夢中になって、「写真への通路（の紙幅、……）が、もう、狭い。八戸の魚店（「福真商店」、下地は、アリゾナの砂漠。二〇〇一年六月、……）。招かれて八戸の街に立った。潮騒も潮の香もしないのに、なんとはなしに匂いがし、お店のお魚のプラスティックの飾りが黄昏（二〇〇一年九月二十八日夕刻）の輝きを帯びて美しく、そのひかりをうつした。このわたくしの眼も又浦島子の目であったとは、……。

# 10　魂が色づくことを許すもの

お魚屋さんの水の匂い（とゴム長靴、……）とかけ声が消えたら、この世はお仕舞い、……と、幼いつぶやきが心の下底にあって、そして、夕暮（二〇〇一年九月二十八日、午後五時半頃）八戸の大魚店（ユメのような「大魚店」福真商店さん、……）の前に足をとめた。誰にでもある心の匂いだろうけれど、右横の注に「ユメのような大魚店」と綴った刹那に、まぼろしと賑い、龍宮城にも又気がついている。八戸は美人が多い。店先でカメラを構えたわたくしに、まなざしの糸をかけて立ちどまった福真商店の奥さんの姿は、不思議な美しさだった。そんな地霊と水の女との八戸での出逢いに驚いて、詩篇が（自然に、……）書きだされていた。

「わたくしの眼が浦島太郎の目であったとは、……（二〇〇一年、……）九月九日日曜日、里英吉《サトユイキチ》さん九十二歳と、娘さんのコロス（ギリシャ悲劇の合唱隊、……）は、喜界ヶ島と遙か洋上を見やりつゝ、島唄をうたう、……

(〝遙か洋上、……〟と綴ったのは、何十年振りのことだろう、感動と驚きは、こゝにもあったのかも知れなかった、……あるいは〝見やりつゝ、……〟)」

〝見やりつゝ〟には、二重のまなざしがあって、一つは洋上／水上を見やる海の人の麗しいまなざし。さらにもう一つは、奄美の親友の知らせてくれた、思いもかけなかった別のまなざし。(編集部がコピーを送って下さって、読み込みはじめている、……)イバン・イリイチ氏の怜悧な論文(「まなざしの倫理」別冊『環』①)の言葉をかりると、その二重のまな

ざしとは、〃まなざしを綯《ナ》う力〃、〃魂が、〔それら――目のようなものによって〕色づくことを許すもの〃のことだ。色づくがいゝ、……。

「……唄者里英吉さんはこの前、令夫人に先立たれました。ご本人は〃これも自然の流れ〃と達観されていらっしゃるでしょうか、いつもの自然体でした。物語はこの後。メディアで英吉ムイ（翁）のことを見た鹿児島市に住む喜界ヶ島出身の女性が〃もしや七十年前、姉と付き合っていた方では〃と調べたところ、ご当人だった。実は英吉さん、喜界―名瀬航路の船乗り時代、喜界の女性と恋愛をし、同棲していたそうです。が、女性の母が猛烈に反対、結局、別れる羽目に。……水平線の向こうに浮かぶ喜界ヶ島に向かって『あの雲の下に、……』と歌う英吉さんの唄には、切ない物語があったようです。」信号（通信）を送ってくださった方の心の色も又伝わって来るような気がする。〃魂が色づくことを許すもの〃、世界の隅々、心細いところにかならずそれは起る。

　写真は、二〇〇一年十月十七日香蘭女学校。話を終えて、田村浩一先生と、一時間程して、舞台（美しいチャペル）に戻ると、驚いた。わたくしの携えている宝貝（キイロダカラ、ハナイロダカラ、……）が、置土産のように、環のかたちに並べられていた。

# 11 他人の心の端、……の眼の上の葉ッパ

他人の心の端に、……（田舎道の路肩のような、……という喩が、この〝端、……〟に近づいて来ていた、……）こちらの心の端、……が一刹那とゞくかと思われることがある。稀にだが、……。辿って行くことの至難のこのほそ道を、注に入った小声の喩の力をかりてなら、僅かに、今日は出来るのかも知れない。喩は、なんだか首飾りに似ている、玉や貝が隣りあって、……と、太古から人は、勾玉や宝貝やを指に絡ませたり弾《ハヂ》いたりして、何ということもなく、ほゝえんでいたことだろう。お隣りは、隣りの宇宙、……。

（田舎道の路肩のような、……）という小声で、夏の日に土埃の舞う懐かしい白い光を、〝わたくしの心の眼〟は、みているらしい。これが他人の心の端、……に、接するスクリーン、薄い皮膜の喩の宇宙の質感でもあるらしい、……。

# 葱買《ねぎこう》て枯木の中を帰りけり　蕪村

初冬の静かな美しいある日、わたくしは京都にいた。石川九楊氏の大著『日本書史』（名古屋大学出版会刊）のための会が（二〇〇一年、……）十二月二日。一日おいて、十二月四日は、京都造形芸術大学に、太田省吾氏、八角聡仁氏に声を掛けられて、北白川、瓜生山の山際にいた。素晴らしいキャンパスと夢みたいな学内の劇場の廻り舞台に（慶應のとき、池田弥三郎先生の教室の同級生の猿之助さんは留守だったけど、……）橋口薫さんに、のせてもらってとても興奮していた。

〝京にいて京なつかし、……〟なのか、特殊な心の状態に、心がなっているのがよく判る。気がつくと、（僕も『与謝蕪村の小さな世界』を大切にしている、……こゝの学長さんの）芳賀徹氏が佇んでおられた、とても近くに、……。十一、二行前に、不図、葱《ねぎ》の肌皮《はだえ》か、立木の空気、……（そうだ！　間だ！　蕪村は、……）を感じて、用意もしていなかった句を、紙上においていたのは、芳賀徹氏の佇いと初冬の空気の仕業だったのかも知れなかった。隣の宇宙のみえない仕草、……。

さて、一日（間（あいだ）の、……）あいた十二月三日。宿のちかくの本能寺や寺町や……小路を歩いていて、銀杏の葉ッパに足を滑らせていた、……。二度も三度も。心は驚いて、下をむいて、十二月四日のための詩篇を綴りはじめた。詩篇が僕の眼と手をかりて、

……。京の路上……。若い人影の野村誠、島袋《しまぶく》道浩、鎌田高美さんの姿と東寺の境内が、眼の下の（眼の上の）葉ッパに乗ってあらわれて来た。他人の心の端、……鎌田高美さんの心の端の糸の傍《かたわ》ら、〝路上の心〟と出逢った稀らしい日だった。〝上〟がとても気になって、フィルムに乗せて歩いていた日々、……。

# 12　幾つもの光源をもつこと

今月は、少し異例（……、しかし、どんなものにも現われにも異例ということはない、……といえるのだ、……）かも知れませんが、……。年末の幾日かを、花巻の奥の大沢温泉（若い頃の宮沢賢治も行っていた、……）で過していた。〝異例、……〟と先づ綴りましたのは、この頁の中心においていたゞくシャシンのこと。真四角なので、両袖《りょうのそで》に三行程の、言葉が現われる土地ができるのかしらね、……（平原さん。先月からの担当編集者、平原照代さん）。ポラロイド（*polar* は〝極〟。名付けの経緯はどんなものだったのでしょうね、……）。愛機の一つで、しかし、この秋、その〝時代〟が終るというニュースが聞こえて来て、はじめて愛惜の心が湧いて来ていた。〝はじめて、……〟は、正確ではない、……。意識に上って来るのが判ってはじめて、その〝通い路《かよじ》〟がみえて来ていた（〝通い路（かよいじ）〟が、〝恋〟に似ている。〝路（みち）〟そのものが、……）ということなのでしょう。そして語源の一端が判って（ポラライザーとセルロイドの合成語)、はたと膝を打った刹那にはたらく、移り香が面白い。心はもう幼年時の驚異に、素早く、飛んでいる。匂い。そうだ、引火しやすかったのだ、セルロイドは、……。「写真」の下に、僅かな土地があって、「物書き」の眼と手はそこに誘い込まれるのでしょう。あるいは、誰でもが、「絵」にキャプションを、字幕をつけてみたい心、気持、……。こんな風に書きました。それを起しておきます。**「(大沢温泉、自炊部《ジスイブ》。獨《ヒト》りなので五畳半《ゴジョウハン》のフトン部屋に入るようにいわれて仕方なし。しかし、その狭さが。目《メ》にも光を、……)2001. 12. 29. P. M. 8:00」**。フトン部屋は僕の誇張(大旅館の名誉のために、……)だが、〝自炊部《ジスイブ》(あるひは「部室」、……)〟に、懐かしいというより住いの火と光をみているのは明かだ。木造大旅館なのでよく揺れる。スリッパが元気だ。僕のところ以外は、ほとんどが大家族、正月を過しに来てられる、……。一句出来ないものかと口惜しく思っていたのだが、「シャシン」の方が俳句より、この部屋にいる者の心境を語っているではないか。変な奴で、携帯のライトを幾つも持ち歩いてる。あらためて画面でかぞえてみたら、左脇のと、中央のランタン型(お人形さん型)のと、右奥の螢光灯と、三種とも中国製。幾つもの光源を持つということ。その奥にかすんでみえているのが時計たち(*stop-watch*も。いずれも中国製だ、……)。気がつくと、わたくしは、『稲川方人全詩集』(思潮社近刊)のための文章を紡ぎはじめていた。〝生を造る鶴の羽根の音、……〟と。

大沢温泉
のテントの中に入るようにいわれて
その深さが。 目にも光と……)
2001.12.29.

# 13　あたらしい匂いの道へ

間違って、愛機のポラの眼を、フラッシュ、*flash*、閃光、昔のマグネシュウムの粉末をのせたお皿と、ぼッと云ふ音が、記憶の隅で心細さうにしていてさ、……。どうしたのだろう、フラッシュ・モードを、そのまゝにして、夕暮の佃（中央区佃二―二―六―八〇三）の窓の外に、連れ合いさんの手で、連れて来られた、あたらしいカチーナ、これまで、わたくしは"*kachina*"と綴っていましたが、*katsina*が、"カチーナ"の音に、近いらしい、……を、東京の外気に（焚火して、匂いを思いだし、撮影して、……だと倒置だが、ほー、言葉も、順序をかえた方がいゝ、……）晒すようにして、そうして、しばらく、眼が、カチーナのオーラに驚いていた。（印刷のスタッフの方々。カチーナの左はしと、向いのビルの溶ける境（さかい）のひかりをだして下さい、……。先月号は、奥が深くって、素晴らしかった。）

焚火や、ゴミを、自宅の庭で、火を燃やすことが、条例で禁じられてしまって、とう〳〵

或る朝、原稿用紙の破れやダイレクトメールの古いのを燃やしていて、駆けつけた隣家のご主人に叱られていた。こんな鄙《ヒナ》のいなかの、裏は竹の林の古いお庭で、物を燃やしていけない、火を奪われることになろうとは、……その深い失意と、この世への（大袈裟だけど、……この世――の中心にある火のようなものへの）失望が、この写真（夕焼け空とビルと、光の妖精と化した、窓外に差し出されたカチーナと銀文字）に、映ってみえている。

「眼は変わりつつすべてを変える（W・ブレイク）」。W・B・イェイツ論を、一心に朝（二〇〇二年二月十八日）から綴っていたとき、途上の火のように、これ（ブレイクの言葉）は、イェイツの心がみた火の移り香だが、……、移り香の空気のほうに、引火しやすい空気が、住ムことだってある。大災厄、二〇〇一年九月十一日から、わたくしたちの眼の奥底の網膜の（天使＝遺伝子）の働きも、その仕草を変えていて、……それで不図、気がつくのだろう、これも、貿易センタービル、ツインタワービルの似姿と、みえなくもない。しかし、おそらく、それは幻影で、僕の嗅いだ〝粉末の匂い〟は、何だ、……という嗅覚の道（なんだかわたくしも、盲導犬みたいになった、……）へと逸《ソ》れて外《ハズ》れて（逸《ソ》らして、外《ハズ》して、……）歩いて行こうとするほうが、正確なのだ。クリーン（無嗅）もいゝのだけどさ、……。

『ポラロイド展（瞬間のエクリチュール）』のオープンの下見（二〇〇二年二月十八日、夜、七時から八時半頃）に行って、桜井裕子さんと木本禎一さんと樋口良澄さんと、素敵な串焼き屋さん「産地直送　一番どり」（二次会用）に入ってしばらく、みんなで〝異変〟に気がついていた。

★織り合される横糸のように襲ってくるのだと　遥遠でいまだ

10分頃。天の焔（瘴気－*miasma*）は、わたくしたちの仕業や心の地肌と縫い合わされて、—つまり、わたくしたちの仕業（ビルや窓から差し出されたお人形）を経糸とすると、天の焔（瘴気－*miasma*）は、ただに★

異変というのはオーバーだけれども。串焼きの煙りもないし、匂いもしない。まさか、もう、〝炉端〟には、戻れやしないけれど、心のなかの枯葉の燠《おき》の焚火やパチパチや毬栗《いがぐり》や燃えあがる古新聞紙どもは、何処《いずこ》へその道をわたくしたちの心のなかのミチを寒山拾得や白隠や、……を連れて（包んで、……）辿っているのだ、……。

どうでもいいけどさ。

愛機のポラを抱いて、〝焚火をみに、……〟、韓国に、高銀《コ・ウン》先生を、訪ねようか。あるいは、あたらしい匂いの道へ。

# 14　右奥の向うの緑の影に

今月の『機』の写真を、二〇〇二年三月八日アリゾナでとり、しばらくフデをとめていました、……。（じぶんのした仕草を、……）みるともなく、考えるともなく、……考えていたらしい。（じぶんのした仕草、……には、……）*a*、カチーナ人形（*Mother Crow*）を、サボテンの根元の平らな石に据えたこと、……。*b*、ファインダーを通して（前方を、……）みることが、何故か、とてもイヤになった（そんな人がわたくしのなかに住ミつきはじめた、……）らしく、ポラ機が、地に据えられたこと、……。*c*、カラーだと、小石とサボテンの色のオーラが、色の蒸気のようにたちのぼるのがみえるでしょうが、いや、白黒でも、……。灰緑色の地上のオーラを、〝金色エナメル〟の文字の蟲のような蜥蜴《とかげ》が、その舌を〝すれ〳〵の宇宙の隙間〟に、差しだそうとするのに似ている。〝金色エナメル〟に、文字の蟲を棚引かせているのは誰か、……。*d*、イエス・キリストが、地面に何かを綴っ

finderから"眼"を離して、「ポラ」を下においた……。
「銃眼」のように、覗いてくることが[illegible]頬になって、
ホーツ長に達したらしい……。"文字"も簡単にツメで凹
ませるのように、断ち切れて来て、ローセキ(蠟石)の墓の地下の

ていて、不図、顔を上げて〝このなかに罪のない者がいたら女に石を投げるがよい、……〟といってから、又、地面に何かを書きはじめた（「ヨハネ伝」第八章）、この石と地面を、いつからか、心の隅に据えているらしいこと、……。*e*、アリゾナに、アメリカに、別れを告げようとして（あるいは、道連れのカチーナ・ドールに別れを告げようとして）、初めて、カチーナを、遠く、少ーし、離れたところに据えようとした心のうごきを、この人形の眼に見破られたらしいと感じたときの動揺。*f*、低くなろう、身を屈《かが》めようとして、遂に地中に落ちて行こうとしているらしい、そのことに気がついての戦慄、……。*g*、わたくしはわたくしで、〝わたしの仕草〟からも、もう別れるときが来た。*h*、この石の姿かたちが、古里の山の姿に似ていることに気がついていた。*i*、啄《ついば》もうとしているのか、囀《さえず》ろうとしているのか。*j*、お人形に話し掛けて、返事が聞こえるところにまで来た。*k*、啄木鳥《きつつき》を羨ましいと思う。*l*、*Mother Crow*（母なるカラス）。*m*、（印刷の方々、平原さん、……）写真に、緑の瞳の仕草を。*n*、右奥の向うの緑の影に。*o*、二〇〇二年三月十五日午後三時二十五分、南砂*jusco*店*Starbucks Coffee*窓辺で。

# 15 ひかりの地下坑道に下りて行く

『機』の先月号のこのページの思いがけない、微細で、丁寧で、心の籠った（サボテンの）像の産出（誕生）に、（誰のか判らない、……）心はまだ驚いていて、何処を向いて、お辞儀をしてよいのか、途惑うほどだ。その途惑いも又多角的で（こんな科学用語、知らず〳〵に、科学の用語を使用するように、強制され、それに支配されている。〝途惑いも宝石だ、……〟と語ろうとしていたのに、……）天使的だ。ポラロイド写真が、もう、これ以上、深入りするのが怖ろしい程、天使的だ。〝怖ろしい、……〟は、綴りつゝ今月、検証（これも何の用語だろう、……。法律用語なのか、……）してみたいが、その途上で、この記述も、何処かへ、〝用語〟を離れて、逸《ソ》れて行こうとすることだろう。

でもしかし〝天使的〟というのは、何処から、どんな籠を心に下げて、出現して来ている言葉なのだろう。ベンヤミンやクレーやミケランジェロやラファエルロからではないことが、〝どんな籠（かご）を心に下げて、……〟という喩にあらわれて来ている。心の途方もない迷路の何処か下の方に下っている籠（かご）、……こゝから、地下坑道に、下りて行って、……

と綴ったのは、今月の「写真」に驚いた眼のはっした多分言葉だったろう。（編集部の平原照代さんと桜井裕子さんが、普通と違うネガのカラー・シート・ベタ焼を、とっても苦労して〝絵〟にして下さった、……）「絵」の眼が、いま、わたくしの眼の前にある。プルーストか誰だったか、原稿の断簡（メモ）を、しばらく（十年か二十年）抽斗（ひきだし）の底に仕舞っておいて、そんな〝忘却状態〟を創りだして、そこにあたらしい色を重ねる（palimpseste パランプセスト）爲事のことは知ってはいたが、……。それとは逆で、僅か、半月、おそらく二〇〇二年三月二十九日仏蘭西リオンの石畳と、……なにかが重っているのだが、それを全く覚えていない。〝覚えていない、……〟は不正確で、〝覚えていることとの、……なんともいえない果敢無さ、……〟に気が付く刹那がたしかにあって、……というと、わたくしの覚えた怖ろしさ、途惑いは伝わるのではないのでしょうか。「写真」を通してこんな途惑いや怖さが生じて来るとは、予想もしなかったことだった、……。

リオンの石畳と急な坂道とその下（奥）へとつゞく光の道を、三月二十九日の正午頃に撮したことは、僅かに（記憶のなかの瞬間の部屋）が覚えている。わたくしの（もう、お酒も呑めないようになった、……）身体と心と眼が、夜の街をさまよって〝ちゃんこ〟の赤いネ

オンに心をうごかせて行ったこともかすかに覚えてはいる。だが、なんという、光の多層、
宝石の天使の眼だ！

# 16　うつらない!、美(い)しい

出来たばかりの『機』(2002.5 No.126)を原稿用紙に挟んで奄美に飛んだ。今年からはじまった「奄美自由大学(主宰今福龍太氏　二〇〇二・五・十七〜十九)」に参加するのが目的だった。産声をご紹介します。

〝奄美諸島には大学が存在しません。管理された教育制度のもとで運営される既存の大学がなく、閉鎖的な建物と教室に幽閉された状況から解放されていること、これは希望であり可能性です。珊瑚礁の干瀬に立って文字通り海と陸の中間地帯の存在を感じとること。踊りと音楽を土地の伝承として生き直すこと。真の暗闇を見つめること……。この可能性の島々に、私たちは「奄美自由大学」という、キャンパスを持たない、遊動的で、自由参加型の学びの場を創造することにしました。ここでは誰もが一人の学び手であり、同時に他者に伝えるべき何かを持った教師です。自由大学の三日間の課程は、島の土地土地への巡礼という形式で進行していき、土地の深い記憶を私たちの生きる時間と結び合わせることがさまざまに試みられます。島の知者たち、美の実践者たちの無償の贈り物を受け取りつつ学び、同時に彼ら・彼女らに私たちの持っている何かを贈り返すのです。〟

（来年もおそらく五月、沖永良部、……）。一年振りの奄美、ツユ入りしてはいるのだが、心地よい涼しさの空気のながれ、ゆっくりと走るクルマたち。大樹の樹陰、その根方の岩間にねむるアマミに大昔、生をいとなんでいた方々に、まず手をあわせ、お家にあげていたゞいて島唄をきゝ、（笠利町佐江の、）奥さん方の心づくしの島料理（ツワブキ、シオブタ、イギス（海草）、オニギリ）がじつに、じつにおいしかった。この〝じつに、じつにおいしい、……〟の、驚きはひとつの発見を伴っていた。白い磁器も絵付けのお皿も椀もない、……。いつもわたくしたちは〝器（うつわ）〟によってたべていて、知らず知らずのうちに、素手（すで）の〝おいしさ〟を忘れていることにも気がついていた。その驚きがひきおこしたものでもあったのだ。おハシをもっていたのかどうか、それも忘れてしまっている、そんな刹那の美（い）しいのとき、——。

対岸に加計呂麻島を望む古仁屋から、ガラスボート（海底の珊瑚礁をみるためのフネ）に乗って、〝底〟をうつした「ポラ」が、今月の写真です。『機』先月号の港千尋氏の「はるかな視点——ブルデューが教えてくれたこと」を読んでの衝撃と心の光（の変化）が、こゝにはっきりと浮かび上って来ていました。「ポラの眼」は精巧で、海底にではなく、ガラスボー

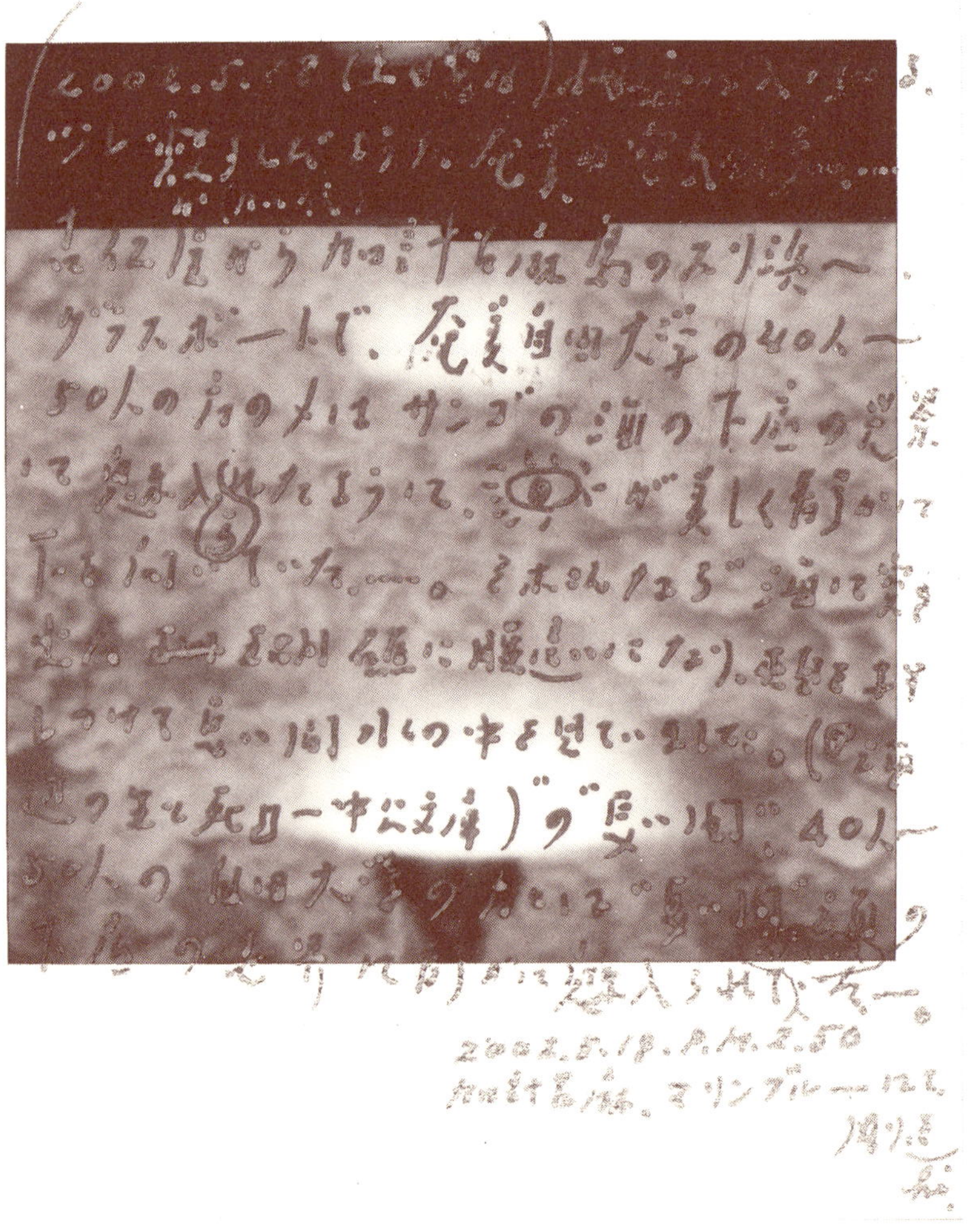

グラスボートで、奄美自由大学の40人～
50人の方の目はサンゴの海の下底の
2002.5.18.P.M.2.50
加計呂麻。マリンブルー号にて。

トのガラスにピントが行っている。〝半分位しか、うつらない！〟ことを、美（い）しいと覚えたらしい「ポラの眼」は、ブルデュー／港さんのいう〝うつらないことの方が本当なのかも知れない〟世界の地肌に接していた。そして、手は〝海草のように〟言葉を、〝あたらしい地面〟に、綴っていました。

# 17 灰色のつる草の家

〝つねに活動をつゞけている透視力〟（アントナン・アルトー「ヴァン・ゴッホ」粟津則雄氏訳）この言葉、アルトーの原語の呼吸と、出来れば、原稿／スケッチ／フデの掠れ（渴筆＝かすりふで）のはたらきをも目にしてみたいけれども、この〝透視力〟あるいは〝別種の眼〟のはたらきが、「写真」であるのかも知れなかった、……。あるいはそれが、何処にでも咲く「花」であったのかも知れなかった。「記憶」の眼も、きっと種々（さま〴〵）の色容（いろかたち）をしていて、わたくしたちの杓子定規で融通のきかない論理や感じ方を、わたくしたちの眼の傍（そば）で、そっと窺（古くは、清音ウカヽ）って居るのかも知れぬ。『ユリイカ』の岡本由希子さんから、急いでファクシミリで送信、……なんだか丁寧に投げ込まれる「お花」（〝投げ入れ〟、華道の手法。自然の枝ぶりをそのまゝに挿す）に、ファクシミリは似ている、絵図も添えられていて、……で、久し振りに読んだ李静和《リジョンファ》さんのインタビュー

記事（『世界』二〇〇二年七月号）の「再記憶《リ・メモリ》」、「再記憶《リ・メモリ》の道を創造的に丹念に細心に辿り直して、あたらしい自己に近づくこと」（わたくしがパラフレーズしています。これも「言葉のフネ」の揺れ、……）に、わたくしの心（の絵図、柄（がら）、……）は、反応していて、ゆれを拵え始めていて、それで、〝透視力〟＝何処にでも咲く「花」といゝ出していたのかも知れなかった。

西脇順三郎さんは、稀有のヴィジオネール。偉大な詩人であったのだが、眼の奥底に、小さな草バナ、雑草を見詰める〝心細そうなもうひとつの瞳〟があって、ことに絵に、その瞳があらわれ、それが詩篇にも、そう、〝カーテンのしみ〟のように、滲むことがある。その西脇さんの、忘れえぬ一行〝灰色のつる草の家〟（*a grey ivy house*）の色の儚さ、弱さ、……等々、そのイメージがとてもすきになって、帯広の「朗読会」のための熊代さん、千田さん、堀内さん、山根さんたちの美しい家に、「灰色のつる草の家」と命名したことがあった。そうして、気がつくと、十五年前に、白ペンキで塗り直したボロの我家（八王子市加住町一―二一五―五）が、その〝*grey ivy*〟に、覆われようとしている。二階左が小生の書斎。もう、カーテンも、ブラインドも不要になろうとしている。

# 18 あたらしいこゝろのデッサン——帯広の夏

先月のこの欄にアントナン・アルトーの〝つねに活動をつゞけている透視力〟という言葉を枕（まくら）においていた。アルトーの言葉のはたらきもさることながら、〝枕（まくら）においた、……〟ということが、そう、道元の〝背手摸枕子ノ夜間ナリ（深夜ユメノナカデ、誰ノテカワカラナイヨウナテヲ、枕ヲウシロデニ、ハタラカセテイル、ソノヨウナテモアルノダゾ、ソノヨウニシテソンザイシテイル、カケガエノナイヨルモアルノダゾ、……）〟、この深いところからの濁って澄んだ声も、枕（まくら）に、……枕（まくら）の下の蕩蕩たる大河に、折りかさなる小枝や木（き）の枝のように、みえつ、隠れつ、流れつゞけて、流れ絶（た）ゆることがない、その大河のほとりに、不図、佇（たゝず）む気がしていた、……。

帯広八月。「デメーテル」と名づけられた、とかち国際現代アート展の関連企画で、ディレクターのおひとり、佐野まさのさんに声を掛けられて、「ポラロイドワークショップ」に出掛けて行った。何をしようかという〃心積り〃もキューレーターの桜井裕子さんがはこんで行った、「一日だけの展覧会」会場（デメーテル・インターゾーン、帯広競馬場内）の支度はあるものゝ、何がどう顕（たち、あらわ）れて来るのかは、その〃空気感〃は、その場で手さぐりをしてみるしかないのだ、……ということを、こんども、つく〴〵と思い知らされることゝなったのだった。今回は、そのミニレポート。「ポラ」を、一首の短歌のように、花（はな）にさして（差して、挿して）の報告です。

「ポラロイド」を撮って、裏の黒地に、金や銀や白のエナメルペンで、ゆっくりとぎっしりと、〃あたらしいこゝろのデッサン〃をしていたゞくための「手引き」や、「枕（まくら）」をつくろうと、泊めていたゞいた帯広東急インの一階のレストランの窓辺の隅のテーブルに坐って、久々に「サンプルショット」にと撮ったのが、今月の写真。左側のお粥の御椀に山芋の千切り等々をのせ、梅干二ツ、奇麗な奴（やっこ）に、鰹節をひとつまみのせ、……と心が奇麗に〳〵並べようとしているのに気がつく。この〃心〃の、半分は僕のものであって、半分は僕のものではない。そうするうちに、黒板（ポラの裏）に綴る言葉が、心なし静かに、居住まいを直している。それを、「裏」を「表」に、かさねていたゞきます。十七、八人の「ワークショップ」ご参加の方々の作品も、水際だった、見事な出来映えだった。

（「作品化」の僅かなしるしとして必ず添えます　）
カナーナドール、アメリカインディアンの…
↓

急Innにて。アサヒグラフが休刊となり。
楽しかった。毎週の締切りが、5回分も6回
分も溜って行くほど楽しかった。連載の『瞬間
のエクリチュール』がお仕舞い（中絶？）

# 19 井上有一の「貧」をひろった、……

井上有一氏の、「貧」をひろった、……。生涯に六十四字の、それぞれ個性のまったく異なる「貧」の一字書を出現させた井上有一の初めての「貧」が、いま、わたくしたちの眼に映る、……。正確には、一九五四年、有一氏三十八歳のとき〝むらむらと大きな筆と墨とで「文字」を書きたくなり、……ボロ襖へいきなりなぐり書きしたもの〟（『書の解放とは――井上有一全文集』芸術新聞社刊）だ、……を（拡大）コピーして、ここを借地（しゃくち）?異地（いち）?に、わたくしのなかの何者かの手が、（襖にそっと張るように、……）ここ（銅葉上）に「貧」を置き、薄明かりの京都のホテルの一室で、これも〝わたくしのなかの何者かの眼〟によって撮られた一場面（シーン）だった。二度とはあらわれないだろう、「ポラロイド」のこの場面の色、ひかりは、あたらしく、刻々に、あるいは次々に造り直されている「廃跡の景色」なのだ、……ということが出来るのではないのだろうか。

ホテルの床の絨緞（じゅうたん）が暗い海のようだ、……。並べなおされた、「宮古島のタカラガイ」、「カチーナドール（右上隅にファイアボーイ、左上隅にマザークロー）」、「オルレアンのクロード・ムシャール教授の家の古い地下にねむっていた小石」、……そして「若林奮氏作の銅製の造花たち」が、初めて出逢った「貧」の一字を、とり囲んでそっと不思議そうに見詰めている。わたくしは「廃跡の景色」としるしていたが、これは「廃市（はいし）」というようなもの（の影）と少し似てもいないだろうか。奇妙な景色だ、……。（銅のアカと右端の「光源」によって、画像は、『夜警』（レンブラント）に似て赤く、久澄（くす）んでいる。その上に、金エナメルペンによる「文字たち」、……。）目に入れて、読（よ）んでもいただきたく、〝なみ〟のように、〝なみのひかり〟のように、「ポラ」に沁ミついた言葉たちを、書きうつしておこう。

井上有一氏の「貧」をひろった、……。おそらく、宇宙のありとあらゆる生きとし生けるもの、あるいはその「生」を終えたものも、この有一書の「貧」のようにひろわれて、そして再（マタ……折口語彙）、歩きだすのではないのだろうか、……。*2002. 9. 11. P.M. 1.15* 高崎、群馬県立近代美術館にて、……*g. y.*

誰も、数（かぞ）えることの出来ない、無量（むりょう）の瞳が、この「貧」を見詰めているのを感ずるのは、わたくしだけではないだろう。有一の「命綱」のようになり、わたくしたちに「みる瞳」を教えてくれる、海上雅臣（うながみまさおみ）氏の傍（かたわ）ら

2002.9.11.P.M.1.15.
高崎、群馬県立近代美術館にて

に立って、有一世界に這入（はい）って、さらに歩いて行くということを（この「貧」のようにか、……）してみたい、……。次は「花」、……。

# 20 海裏(うみうら)に「花」——井上有一

「わたくし」は思う、……と、この「わたくし」はいう。「ポラロイド」の上部の壁のかげをごらんください。カラーだと、妖（あや）しい色をみていたゞける筈だが、……。だがしかし、このページのチームは、「かげ」をきっと出して下さるのだと思う。カラーだとムラサキと墨色の、混雑（まざ）った、胸騒ぎのする微妙なかげり。そのかげを、壁（かべ）に映す、カチーナ・ドールの「わたくしは、……」というさゝやくような声ともとれるのだが、あるいは、井上有一の花の一文字を打刻した痕（あと）、痕跡（こんせき）を、あるいは廃跡（はいきょ）を、とり囲（かこ）んでいるかにみえる眼（め）、……「宮古島のタカラガイ」たち——数（かぞ）えてみると十二個、……の合唱（がっしょう）と、合唱のなかで不図（ふと）した私語（しご）であったのかもそれは知れなかった。

なんだか、何者かゞ、茫然自失しているのを感ずる。「花」が、海上に顕（あら）われて、少し海裏（うみうら？）に、身（み）を沈めた魚（うお？いお？）の姿のように、それが感じられるからなのだろうか。そうだ、……と、誰かゞ肯（うな）ずく、……。

「心眼の色」を、あるいは「心眼の言葉」が、色の潟（かた）を、あるいは「潟（かた）の言葉」が、眺めているのだとすると、そうか、赤銅の漁夫の塩辛声と、田鶴（たず）の啼く音（ね）が、中空に浮かんで来る、……。そして「カチーナ人形」たちの眼の淋しさに、刹那に気が付き、そこに立ち戻るとき、サボテンの砂漠から遙々渡って来て、こゝに佇むことになった眼に、……そう〝やがて淋しさに耐えきれなくなって、とかげに話しかけるようになる。するとまもなくとかげが返事をするようになる（フレドリック・ブラウン『闘技場』）〟、「カチーナ人形」たちの「眼の色」の淋しさにも、再（マタ、……折口語彙）、気が付いているのだった。

柳田さーん。柳田さーん。（柳田國男。八重干瀬の宝貝が柳田さん、終生のインスピレーションの一つ）。

まだまだ「無量（むりょう）の瞳」、「花の干潟（ひがた）」が、わたくしたちの眼の奥に睡（ねむ）っているのかも知れなかった。その「微粒の瞳（ひとみ）の手」が、その手をうごかしていたのかも知れなかった、……。誰が？　井上有一が、……。そうだったのかも知れなかった。

「わたくし」は思う、――。こんな「花」の「色」と「光」の「舞台」に佇むこと

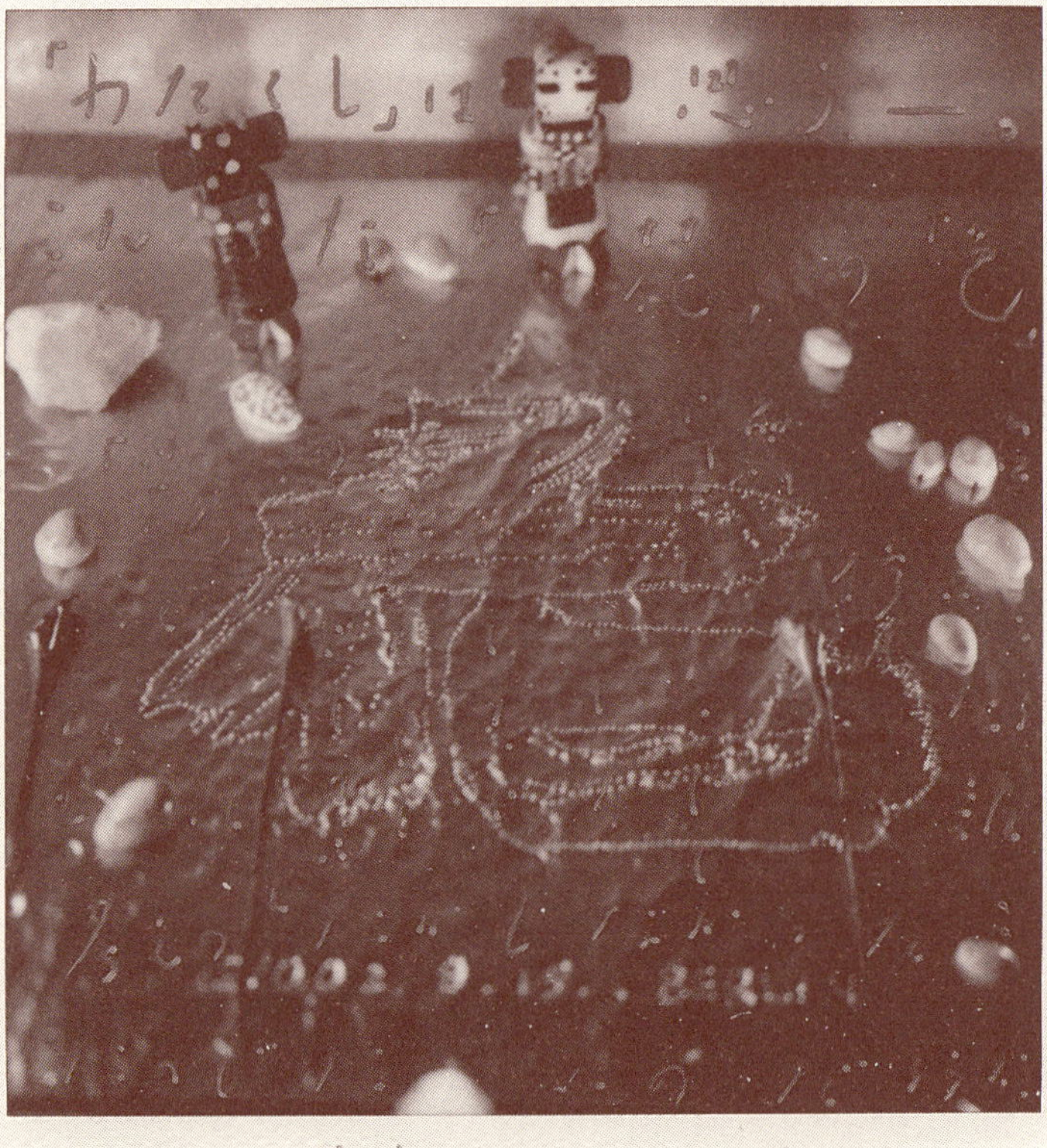


こうして、井上有一氏の「花」と
出逢って、2体のカチーナ・ドール

になろうとは誰の考えのなかにもなかったことなのではないだろうか、……。こうして、井上有一氏の「花」と出逢って、二体のカチーナ・ドールも、初めて、語りはじめていたのだった、……。

フデは、銀エナメル。中心に有一を真似て「ぐてつぐてつぐてつぐてつ」と。忘れていました、この人は、海とは縁遠かったのでなかっただろうか、とかすかに粒焼居手いた、……、そうだ、有一書「花」を誘って運んでいったのは「わたくし」だった。そのことに、不図、又（マタ、……）、気が付く。

## 21　吹っ飛ぶような「愛」――井上有一

「貧」、「花」とつゞいた井上有一「一字書」の今月の『機』には「愛」ときめていた。そうして、ほゞ一ヶ月間「愛」の一字を、お櫃（ひつ）のようなかばんの奥に、仕舞ってはほどき、……、二〇〇二年秋十月十八日世田谷文学館を皮切りに、多摩美術大学（上野毛）、山口の秋吉台芸術村、十一月三日には武蔵大学（白雉祭）と、イベントのおゝい秋の時を過していた。そして、奇妙な、説明しがたい場面（シーン）に逢着していた、……。それが言語化できるかどうかゞ、今月のわたくしにとっての試練なのだと思う。

御覧いたゞいている「今月のポラロイドの〝愛〟の一字」を、わたくしは、どうしたことか〝天地を逆〟にして、しばらく気がつかなかった、……。それを指摘してくれたのは、多摩美術大学の米倉守教授だったが、そうと判ったその瞬間にも、どうしてか〝わたくしの心〟は驚いてはいなかった、……。というよりも、めずらしそうに、その〝驚いてはい

ない心〃を、裏返しにして見詰めているような仕草（しぐさ）が浮かんで、首（くび）を傾（かしげ、かたむ）けていた、……というと、たど〳〵しいいゝ方だけれども、それで当っているのだと思う。「ポラロイドの〃愛〃」は、このページでは正しい状態にしてお眼に入るように（編集部さんと相談して、……）置いていますが、本をさかさまに手にして下さると、わたくしの方からしばらく見詰めていた「愛」――〃有一の愛〃が、みえる筈。二字や三字だったら、おそらく、こんなことは起らない。そして闇（やみ）のなかの、桜の樹下の夜店のように、客の方からが正位置でそうみえるようにという、「無意識」がはたらかないと、おそらくこんなことは起らない。（そうして、さかさまなのに、「刹那の透視力」のはたらきなのか、たしかに「愛」とわかるこの「一文字書」のかたまり性、吹っ飛ぶような、筆勢の不思議さ、自由さ、……）、そこで心が、……〃（有一の）心が、……〃、首（くび）をかしげている。「愛」という〃字〃の、吹っ飛ぶような自由さ、と綴って、ほゞ、わたくしはわたくしで、〃天地を逆〃の謎の一端にとゞいていた。それを、良寛さん（「愛語」をいっくしんだ）と、〃舞い踊る文字の驚異〃を、眼に刺青をするようにしていた小泉八雲、ラフカディオ・ハーン、いやヘルンさんと話してみたい、……。どうやら、その「話し声」が、書きたかったらしい。それが、書かれたかったらしい。何人いらっしゃったのかしら、「夜店のお客様」と（そして米倉教授と、……）、〃そっちからも「愛」がみえるでしょう、……〃と会話していた、そのときの声が、いつまでも耳元に残る。

# 22　屑として生まれてくるもの

山吹や井手を流るゝ鉋屑（かんなくづ）

蕪村のこの句が、名句というわけではないのに、想い出されていたのには、二つの理由があった。いや、三つ、……、四つ……。井手は歌枕。想起が辿ってくる道を、少し狭（せば）めるようにすると、物音や質感や匂いがつたわってくる、その道筋が、見えるような気がする。「俳句」のもつ玉のような断片性も、……。

おが（大鋸）屑や、木片を焚いて煖を取る、印半纏（しるしばんてん）の職人さんの姿や佇いが、脳裏に浮かんできて、と綴りつゝ別の言葉と印象にも気がつく、……。いなせな気風（きっぷ）と容姿（すがた）の女（ひと）、……だった、吉原幸子（よしはらさちこ）さん。その訃報、死のしらせ（二〇〇二年十二月二日）に、こうして心が、何処かで複雑に物音をたてゝ居たのだった。劇詩人、詩人、……。

〝いなせな気風と容姿、……〟の、空気をひきだそうとして、印半纏の男が道案内のように顕って来ていたのかも知れなかった。江戸っ子だったな、パリジェンヌ（*Parisienne*）というよりも、……と、旅先の巴里で、わたくしはつぶやくともなく、口遊（くちず）さんでいた。勇み肌、天才肌だった、吉原さんの突然の死の報に心は驚いて、何処かで焦（こ）げる匂いを聞いていたのだった。

　それは舞台で磨かれた塩辛声と啖呵の入り混った、懐かしい声の思い出、……。アメリカのアイオワでだった、彼女の和製英語に、しばらくまわりに笑いが絶えなかった。どんな話のそれは種（たね）であったのかはもう忘れてしまった。なのに、一語の響き、匂い、実在感が忘れられない。吉原さんは、〝おが（大鋸）屑〟を〝ウッド・パウダー〟といって譲らなかった。〝ウッドゥン・パウダー〟だったか、……。その〝パウダー（粉）と木屑〟の、匂いが先づ顕って来たことに、わたくしの心は驚いていた。なにが、心の芯（しん）の、粉なのか。（編集部さん印刷所さん）「うらわ美術館」に吊ってきた長尺銅葉の姿の不思議なひかりを、今年の終わりの写真に。頼んで吊ってはきたのですが、判らない。誰かゞ、〝懸（か）ける〟、あるいは、〝干（ほ）す〟、ということを、歌枕の大工さんが、……それをしようとしていたのかも知れなかった。

2002.12.3

# 23　爪(つめ)で文字を書く――二〇〇三・一・一二　うらわ

書物との絆（きずな）、魅力的な風景のひとつに、読み挿（止）しの、そこで眼がとまってしまったページをしばらく、そのまゝにしておくということがある、ひろい、まあたらしい舞台を創るように、……。

いまわたくしが古いT.V.のまえの卓袱台に、開いたまゝにしているのは、守中高明さん、谷昌親さんからいたゞいた〃ドゥルーズの遺作〃と帯に記された『批評と臨床』（*Gilles Deleuze / Critique et Clinique* 河出書房新社刊）の一三〇〜一三一頁のこんな個処、そこに赤線を書き（引き?）込んで、もう二ヶ月間、眼の空気にさらしている。あたらしい、繊細な描線を、心に教え込もうとするかのように、……。短い引用（の描線）ではなしに、ところどころで花が開くおとのするドゥルーズの文脈を、長い奇麗な線にして書きうつしたいけれども、でもこれだけでも、……。

URAWA

自閉症児たちの辿る道ほど多くを教えてくれるものはない……い（く）つもの線、その歩き方の線、その蛇行、後悔と後戻り、……あらゆる特異性と地図とを重ね合わせて見せてくれている、あれらの道ほどに多くを教えてくれるものはないのである。

（ジル・ドゥルーズ「子供たちが語っていること」）

さて、角筆（カクヒツ or カクヒチ）をご存知でしょうか。紙を窪（くぼ）ませて、へら状のもので幽かな文字を記すこと。これを「爪迹（つめあと）様文字」と名付けたのは、広島大学の小林芳規教授（朝日新聞一九八七年十月七日夕刊より）だった。書物の行―間に、わたくしたちも、眼の爪（めのつめ）を立てゝ、心にまったくあたらしい地理図を創（つく）り出そうとして、書物をひらく、ひらいたまゝにしておくことがあるのかも知れない。

こゝまでが枕。

「写真」にとって参りますが、うらわ美術館に展示してある（二〇〇三年二月十一日まで）、長巻の銅のページに、わたくしは、爪（つめ）で文字をかきはじめていた。墨もインクもいらない。やがて、指もいらなくなるのでしょう。

# 24　ネガティブハンド

「爪（つめ）で文字を、……」、先月のこのページのひかりの影響力を、筆者のこゝろも、残り火のように感じていたらしい、洞窟の入口を先づうつしてから、「カメラの眼」もこゝろなし、いつもより静かに入って行って、岩壁や岩肌、そして岩絵をうつす、ラスコー他の古代洞窟を探る番組（NHK特集「暗闇に残されたメッセージ・人類最古・洞窟壁画の謎」二〇〇三年二月十一日放送。案内者、港千尋さん、土取利行さん）に眼が釘付けになっていた。瞠視（目をみはってみる、……）、あるいは瞠視欲といういゝ方をする欲求と力に、それはちかい。驚いて、幾巻（ロール）かの三十五*mm*フィルムの撮り置きを（梅（うめ）を、小梅（うめ）を、年々の甕（かめ）に漬けるのに似ています。一、二度ほんの僅かに光に晒したフィルムを貯蔵していて、……）とり出して、それを洞窟の壁に見立てゝだろうか、太古の人が残した「ネガティブハンド／*negative hand*」というものを、わたくしのこゝろのスクリーンにもと、一心に撮影したのだが、うつらない。一瞬、茫然として、こゝろが上気していた。どううつるのだろう。

「心配」を、その「こゝろのうごき」を、楽しみさえしていて、ほとんどこれは子供たちのする悪戯（いたずら、……）に似ている。二〇〇三年二月十六日、日曜日は、冷たい冬のアメの日で、あたらしい梅を、小梅も、……を漬ける甕をはこんで行くようにして、写真機（*Fuji TX-1, lenz Fuji non 30mm*）を、雨の高速道路上で、こんな古いいゝ方のほうがあたっている、蓋（ふた）を取ったり、覆（おゝ）ったりしていた、甕《かめ》も洞窟、……。ふっと、未知の美しい女の容貌が底を、過（よ）ぎる気がするのは、なにものかゞ顕（た、……あきらかにな、……）ってくるのを待つ、ごく短かいときの、束の間の功徳だ、……。

仕上がって来て、驚いた。この色をお眼にかけることが出来ないのが無念、――。拙（つたな……）い言葉でお伝えをしてみたい。「心配、……」の「*negative hand*／ネガティブハンド」は、眼にも、綾（あや）なる、紅葉（もみじバ）か、着物の地の妖しい色合いであらわれて来ていた。想像も及ばぬことが、こんなにも、迅速にそして束の間に起る。驚きをもうひとつ。首都高（上り車線）、高井戸出口のトンネルの上空に、「*negative hand*／ネガティブハンド」が、浮かんで来ていた。このトンネル、烏山（からすやま）トンネルといったことがあったはず……。

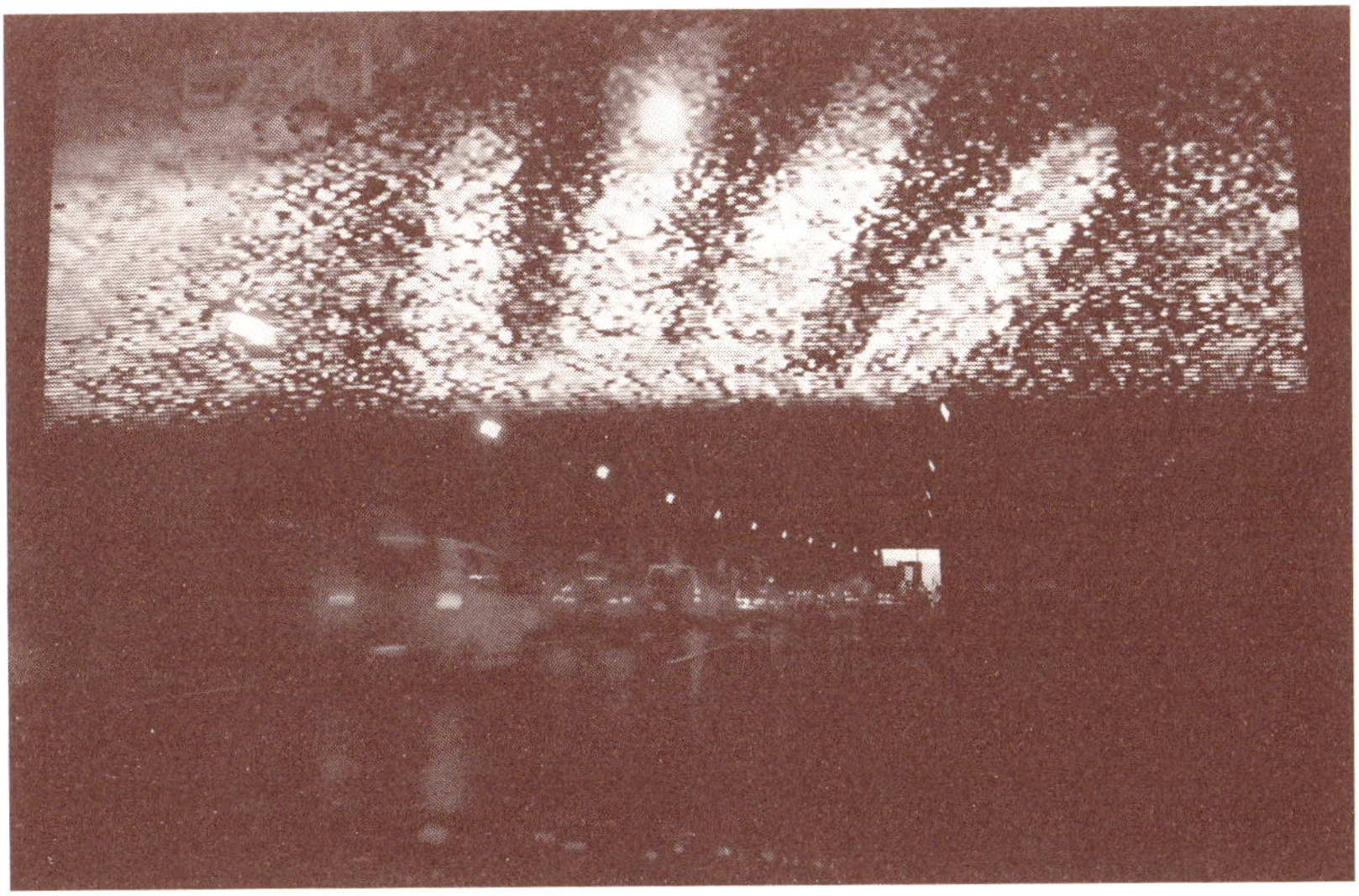

# 25 ハングルがとても奇麗

静かな釜山にいて考えていた。考えていた、……というよりも、考えに樹皮をつくりだそうとするようにしていた。それも（その比喩も）しばらくして浮いてきたものであったが。子供の頃の遊びだったと思う、松の樹皮（かわ）を叩いて、その樹皮（かわ）を掌に移し、そうしてあたらしい樹皮の表（おもて）をのぞき込んでいたあの瞳は、何にその瞳の奥をかゞやかせていたのだったか。そのかゞやきの痕跡が、僅かに残っている気がする。夏の日に、油蟬（あぶらぜみ）と一緒にして摑んだ掌の感触もともに、……。

釜山へは初めての船旅だった。『環』ではじまった高銀《コ・ウン》先生との「往復書簡」の、そう、その「手紙」のための封筒を、折って、たゝんで、ポッケに入れて、……そんな幼い旅の、……これも樹皮。そして〝脱皮（だっぴ）〟のようなもの。〝玄界灘がなんとはなしに怖かった、……〟。心の底の臆病や小心は、無尽（つきざる）大海で、大昔からの渡って来、渡っ

모아

て還る人の心の鏡の万分の一をも経験しなければというのが、僕の心の薄皮（うすかわ）だった。無尽蔵の心の岐路を、――。奇麗な記念切手みたいに、大切にファイルしている政治社会学者李静和（リー・ジョンファ）さん「難民・船・タンパから見つめる世界」（『世界』二〇〇二年、七月号）を、はたはたと潮のかぜにと思ったらしい。こんな思いと息遣（いきづか）い。「私は島の生まれで船といえば船酔いなのね。ともかく吐く、苦しい。それは一等室から三等室まであって、昔は一等室に乗るなんて夢の話。一等室まである船も少なかった。だいたい一番下の三等室、甲板――韓国語ではカッパン――の下のところで、お腹をおさえて吐くのをこらえながら、ともかく息ができるところまで、……」。甲板（カッパン）には物干しがあり、洗濯物もかぜにそよいでいたことだろう。夏の油蟬も啼いている、〝ともかく息ができるところまで〟。

夕暮時、釜山の市場で坐っている奥さん方は、一人一店なのだ、坐って海産物や野菜を商う奥さん方（ハルモニ？）の傍（かたわら）に立つ。油蟬の眼にハングルが色が、とても奇麗、――。

# 26 ハングルをはこんで行った

「静かな釜山」の夕暮の市場に、たしかにわたくしはちかづいていって、お一人一店の麗しい（なぜなのだろう〝麗しい〞と呟くのは、……）屋台の奥さん（할머니 ハルモニ）方の傍に、気がつかれないように佇んでいた……。こゝまで綴ると、そのときには判然としなかった心の騒（さわ）ぎが、もうわかる。そうだ、「屋台」だ、と気がつくまえに、心が、お祭りの賑（にぎわ）いをひきだしている、……。

人待ち顔に腰を下してられるのに、奥さん（할머니 ハルモニ）方の傍らには「行列」というのか「移動」の空気が漂っていたことが、いまわかる。「花道（はなみち）」や「道行（みちゆき）」といおうか、……そう、歌舞伎の六方（ロクパウ「六法」とも）の「振り」や「飛び」の、遠い根のような空気に、わたくしは、釜山の夕暮の静かな市場の隅でふれ、その空気を吸っていたことは、ほゞ確実だった。

先月の「ハングルがとても奇麗」の写真を、黄善英（황선영　ファン・ソンヨン）さんに頼んで読み取っていたゞきました。

一、日本料理専門店：イルボンヨリジョンムンジョム

二、夕：ジョニョク

三、昼：ジョムシム

四、居酒屋：ソンスルジブ　五、海：バダ

左手隅の路次の先になにかがあるようだとは、わたくしも察知はしていたのだが、「海（바다　バダ）」の匂いがしていたことに、幽かに心は驚いている。

この〝驚きの彩（いろどり）〟を、カラー・フィルムに隠すようにして、こんな表現は、きっと、誰もこれまでしたことはないだろう、カラー・フィルムの「内ポケット」に、束の間、仕舞い込んで、……親友（とも）の家、*Orléans* の *Claude Mouchard* 巴里第八大学教授と、*Hélène* 夫人と息子さんの *Jean* 氏と、日曜日の昼下り（二〇〇三年四月一三日）の楽しいブランチの卓（テーブル）へと、はこんで行ったときの一瞬がこの写真、……。「一瞬が写真、……」は、妙ないゝ方だけれどもこれで当っている。「当っている、……」といわせているのは、誰のでもない、その「一瞬」か、「写真」（の言葉）なのだ。わたくしの眼に、「ハングルたち」が倖せそうにみえる。ブランチの話題は、卓上の食卓塩。商標の「*Baleine*」〝鯨（くじら）〟が、「釜山の海」に、挨拶をしていました。

하나은행
남천동지점
www.hanabank.com
외국돈 환전·송금

# 27 ごとひき

先月のお詫びから。（印刷所の担当の方々、編集の糸長俊明さんの最善のご努力にもかゝわらず、わたくしのミスで、写真選びに失敗をしてしまいました、……。）〝ミスで、……失敗を、……〟、と綴ると、心がいたむけれども。でも、それを、どうでもいわなければいけないと囁く別の心も存在をしていて、そうか、写真が頭（あたま）を下げようとしていたのかも知れなかった、……。〝写真が頭（あたま）を、……〟とは思いも掛けない言葉だ。「モチーフ」の芽生えのようなこの空気と気配を、もう少しだけ深追いしてみると、こんな声が響いて来ていたらしいのです。〝おい、写真家さんたち、水仕事（みずしごと）に、ときを過ごすということを、もう、していないのではないのか〟。

無論、この声はわたくしにも向けられていて、こゝまで綴ってきて、先月の『機』のこのページの写真には、静かさが欠けていたことに、〝水仕事（みずしごと）〟と書きすすめるあたりで気がついていました。お詫びを。

写真は水仕事、……これをしばらく、唱（うた）うように舌頭や頭のなかでころがしていよう、……と考えて「水車のゴトゴト」や蕪村の「春の夜や盥を捨る町はづれ」の句の奥の水の響きに耳を澄ましている、耳の透視力？　こんな状態のときが、至福の状態の刹那のひとつです。「写真」は、そんな刹那に出逢うことを夢にみているのかも知れません。

ベルゴットという光に満ちたあの音綴《シラブル》、……

と綴ったのは、マルセル・プルーストだったけれども（『失われた時を求めて』第一巻、井上究一郎氏訳、ちくま文庫、一六七頁七行目）、「水車のゴトゴト」のことを考えているとき、こゝろが、その「水車」の姿をうつしているとき、仏蘭西語だろうがゲール語だろうが、正確無比に、至福の刹那は立ちあらわれる。ね、そうではないでしょうか？　そうだ、ゴトヒキという谷蟆（たにぐく）、蟇蛙（ひきがえる）の古名、……の艶名《あだな》を、吉野の大歌人前登志夫さんから聞いたことがあった。

ごとひきが小雨に濡れている
と考える人がわたくしのなかに佇んでいて、そんな人が「写真」をとるといゝ。（今月の写真は、奄美の干瀬で大潮――'03, 5, 17, P.M. 1:00 頃の潮のこえに耳を澄ますとき。奄美の写真家、濱田康作氏）。

# 28 蜩といふ名の裏山をいつも持つ——安東次男

碑（いしぶみ）に、こゝろひかれることをひそかに、少し恥ずかしいと思いつゞけてきた。あるいはこれから綴りつゝ考えようとしているのは、〝少し恥ずかしいと思っていた、……〟、そのこゝろのさゝやかな探査なのだろうか。句碑や歌碑に、俳句や歌はきらいなのにひかれるのは何故なのでしょうか、……と、もう、きっと、遙かに遠いところまで行ってしまわれたでしょう、小学一年の初めての先生の俤（おもかげ）、その手の指に挟（はさ）まれたチョークと大黒板に、そして誰にともなく、話しかけ（つゞけ）ているような気がしていた。

幼（おさ）ない問（とい）の道筋だけれども、いちどは辿ってみることとの必要な大切な問のひとつ。もしも、黒板がわたくしたちの記憶に立っていなかったなら、……。いかゞですか、少ーし怖い、或る種の、失墜感を覚えるのではないのでしょうか。黒板は、幼ない日に、初めて幼ない字が書かれたところ。このこと丶、碑（いしぶみ）とが、わたくしのなかでは確かにつながっている。細い、頼りない、道だけれども、……。

先師（二〇〇二年四月十日に亡くなられた。享年八十二才）安東次男氏の古郷、津山を訪ねた。初めて訪ねた津山は、岡山の、……というよりも作州美作（みまさか）の、かつての中心の地と呼びたくなる、何処となく古さと落着きを感じさせて、明るく広い土地であった。この六月、岡山への講演旅行の帰途、新福正武氏（『すばる』創刊時に、安東さんの大仕事「芭蕉七部集評釈」連載の担当編集者）と一緒に、そうか、誰かと一緒にということが、こんな旅、古郷と碑のある景色への旅を可能にしていたのかも知れなかった、……。心はどこかで、一緒に、碑にきざまれた表題の句（蜩（ひぐらし）といふ名の裏山をいつも持つ）の脇づとめをしようとしていたらしい。句作りもしないのにさ。「津山市沼」が、碑の立つ場所。この「裏山」は、とてもふかい。縄文、弥生の昔から。わたくしたちも、句と、安東次男氏の「裏山」に桃源郷の気配を感じていたのだった。安東次男句集『流』を播（ひもと）いている、初夏の佳いとき。そして、気がついていたのだった。ほとんど無意識に、この句の声を耳にして、「黒板」のことを考えていたのかも知れなかった。

**そもそものはじめは紺の絣かな**

29

# 円空の眼であったのかも知れなかった

ことしの冷たい夏のお盆の一夜、激しい雨のなかで、稀らしいコンサートがあって、それに参加をしていた。「朗読者」、「詩人」あるいは「奇妙な仕草をするもの」として、参加はしていたのだが、もう一個の別の人は、そう、別人のように（もうひとつの別の眼が活発にはたらくように、……）ほかのことに、眼を奪われていた、……。

覚えておいで\でしょうか。『機』のこのページの先月と先々月を。お盆のお休みで少し間があきましたが、その「間（ま）」が、微妙にはたらいて、生きた（眼や思考の）筋をみつけかけようとしていたのかも知れなかった。その動物繊維に似たスジのふるえを、それを追尾するのもきっと面白い、……。先月は「碑」をめぐって、先々月は「ハングル」が、……みなさんの眼裏（まうら？　メノウラ？）に、どんな景色で残っているのでしょうか。〝どんな景色で残っているのだろうか、……〟と想像空間を浮かべることによって、わたくし

お願いします

自身にも、あるいは、「もうひとつの別の眼」が、ほとんど無意識裡に、何を為（し）ようとしていたかが、少し判りはじめる境界（なんでしょう、峠の茶店のような床机でもあるところ）が立ちはじめる、それを仄かに自覚し、頷いた。

文字のある景色を認めつつうごいている眼、……と名ざそうとして、さらに微妙な想像上のはたらきらしきものの徴候（きざし）にも気づきましたのでいい替えてみます。〝仏（ほとけ）を、眼前の宇宙に挿頭（かざ）して、影をつくり、眼前の宇宙を組み替えようとしている〟のだと、……。左の像は、円空仏です。幻灯のように小窓に浮かんでいるのは、ジョナス・メカスの名篇『リトアニアへの旅の追憶』の一シーン。シーンがシーンと出逢うところがつくられていた。場所は、市ヶ谷の内堀に面した法政大学の学生会館の大ホール。日時は、二〇〇二年八月十六日土曜日、夕刻〜夜、激しい雨。出演は、*Jean-François Pauvros, Marilya, Keiji Haino* そしてわたくし。そのわたくしの別人の眼は、古い戸に書かれた文字の力に魅了されていた。あるいはこれは、（コピー、安物のを日常の景色に挟んでいたのだけれども、それでもこれこそが）円空の眼であったのかも知れなかった。

# 30 奄美のニンフ——奄美自由大学二〇〇三年

第二回目をむかえた「奄美自由大学」に参加をしていた。昨年の奄美大島から、今年は「水と筒（つゝ）の島」、沖永良部に舞台をうつして、九月十二日から十四日の三日間、丁度「猛烈な台風」今年の一四号が、島の西側を北上していく、その風雨、足音、物音、参加をされる人々の心の騒ぎが開演の空気となった。フェリーはほゞ全便が欠航、空路も強風にさえぎられて、参加者の心にも、昔の「川止め」に似た、古い時間の波紋が生じて、それがこのユニークな催しの開幕のベル（銅鑼《どら》）となった。気がつくと、それが（そうした乱れが）自然だった。紙幅の尽きぬうちに、主宰者で文化人類学者の今福龍太氏の口上を紹介しておきますが、もうその「予感」のなかに、巨大な水の精でもある、タイフーンの腕や空気がはたらいていたことにも驚かされていた。不案内ですが、……。「……ボーズ（坊主）——英語だと *a round thing* あるいは *The round big guy* とでもいうのでしょうか？」といういゝ方を「タイフーン」にすることがあることを、不図思いだす。とすると「タイフーン／台風」もまた、摑みどころのない、しかしそのうごき方の喜戯性、幼児性、誰でもがどこか心をひかれる、一種の妖精《フェアリー》、水の精ともいえるものだ。

隆起珊瑚礁の島は、地下に無数の筒状の空洞が走る、多孔的な小宇宙です。この、風と水とにほいの通路となる闇を伝って、自然は呼吸し、大地は動悸を刻み、人間の叡智もまた運ばれ、流転し、回帰してきました。島人の想像力のなかでは、地上への憧れが、地下への畏怖の心とするどく拮抗しています。

二〇〇三年九月、南洋で発生するであろう颱風の凶暴な風をそのかたわらで受けとめながら、第二回「奄美自由大学」は、沖永良部島という、平坦でありながら珊瑚の闇を地下に孕んだ島を舞台に、ふたたび巡礼の道行きを企画しました。オルフェウス伝説を巡礼行の一つのモティーフに設定し、劇中劇のような仕掛けを用いながら、島が内蔵する筒状の闇を、参加者は一人一人ことなったかたちで体感してゆきます。

（「放擲する愛／オルフェウスの闇へ」今福龍太氏）

……

平らかで、白い、そして赤い土をのせた航空母艦のような、隆起珊瑚礁の沖永良部は、不思議な島である。しかし、その奥は深く、地下水路、清水のしたたり、闇の脈管、シマ全体がみえない楽器のような島なのだ。「講師」のおひとりとして参加された高橋悠治氏は、どんな音楽のヴィジョンを持たれただろうか。それを想像しながら、地下河（暗河＝くら

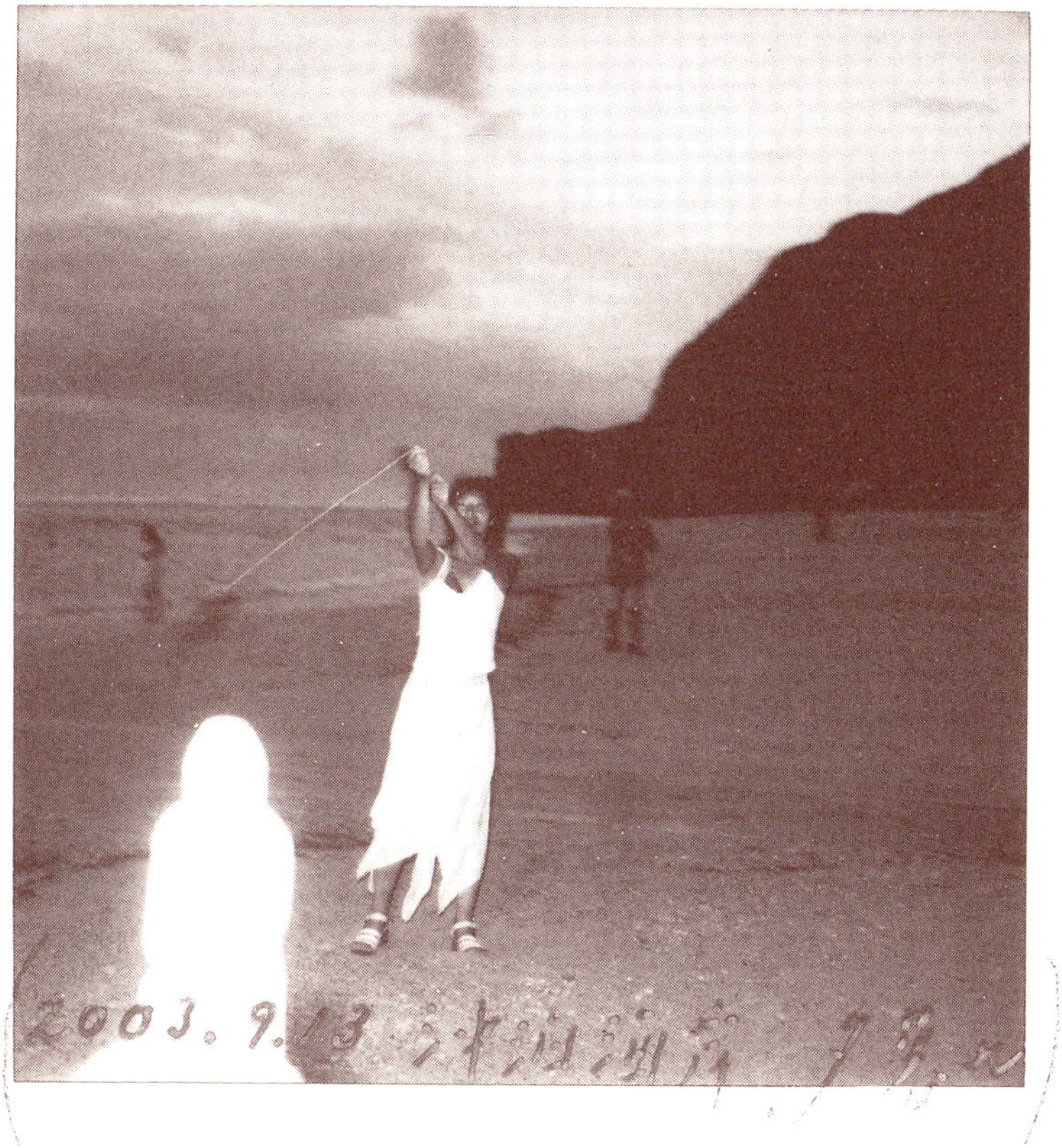
2003.9.13

ごう）のほとりにともに佇む奇蹟的な旅の道行、――。女たちの叫び声が心なしかすかに聞こえてきていた。それを本能的に察知したに違いない。ニンフのひとり、福島昌子さん（ユーリディス役を演じた朋子さんの妹さん、オルフェウス役は若き逸材中村達哉さん）が、夕暮ちかく（終演後）、突然、ズンビドール（ブラジルの楽器の一つ）を振りはじめた。背後に演出の今福さん。その背後に立つのは空の眼、その又背後に、空の眼を失ったタイフーン。

# 31 マンハッタン島で考えていた

もしも、「空の峠」をとおって、紐育（ニューヨーク、……）に入って行くことができたなら、印象も、少しだけだろうが、湧いてくる言葉も、余程、違ったものになった筈だ、……。「空の峠」といったときに、草鞋の外にも繃帯や水道ホースの水しぶきやゴムや鉄管の質感をも考えていたのではなかったろうか。それに先月の水の島、沖永良部の地下の世界のことも、……。現実には、そんなミチを辿るのは、不可能なことなのだ。けれども想像を耕（たがや）すことは、絶やしてはならない。「空港」や「港」にいたり着く中途の感覚を、そこに「山ミチ」「峠ミチ」、その曲折をこゝろに思い浮かべながら、（二〇〇一年九月十一日から）二年後に、若い誘いの手と縁に恵まれて、久しぶりのアメリカ、マンハッタン島に来て、考えていた。「そこ」（どうしても「……」といゝたくなく、「そこ」の隣りに「傍点」を振っていました、……）から、二〇〇〇m程のソーホー地区の画廊のロフトに仮泊して（とめていたゞいて、……）、表（おもて）に出ると空気が違う。急いで、注をつけるようにしておきますが、紐育でそこの柵、……に佇（たゝず）み、言葉を喪った眼が、二年前の画像と叫びを、自らの耳目に植えつけるように、『ＷＴＣ――*uncut*』というＤＶＤを、夏海光造さんからいたゞいて、それを早稲田大学政経学部の金曜日（二〇〇三年十月三日そして十月十日、十七日と、……）の授業で、先生方、そして、美しい秋の瞳の静かな女子学生さんと一緒に見詰めていた。これは何？　このクモは、骨と灰の柱がみえる、ビルが、亡失したのね、消失したの、……橋立（はしだて）のように、……刹那に沈み込んだの、……言葉にする手がゝりも、頭（こうべ）を下げる咄嗟の仕草も、見失ってしまった、……と、はなしの呼吸の道も、句読点も、忘れて、言葉を宙に、空中にうかべていたことが襲（かさな）っていた、……。もっともっと、わたくしたちはこうして、こゝろに景色を、こゝろに光を襲ねるということをしなければならない。

　そこに立つと空気が違う。この空気を、どう形容したらよいのか。形容の不可能なことを、どうひきだしたらよいのか。「ＤＵＳＴ」（……の話を、十月十七日に、早稲田の教室で永野さんから聞かせてもらって『機』の次号につなげたいと思います、……）。近隣（*491 Broadway 6th E., N.Y.*）にながく住み、優しい眼差しをもつ個人映画の創始者 ***Jonas Mekas*** さんは一言も話さなかった。メカスさんが逢わせて下さった写真家 ***Jin ming***（金旻）さんのアトリエで、中空に翳（かざ）すようにして、彼女の作品に、円空仏を、襲ねたのは誰の手？

# 32　言いようのない芳香

十一月、十二月になってもまだ蟬（せみ）時雨（しぐれ）の峠にさしかゝることのある奄美――沖縄もでしょうか――その風と土の産（う）みだすような、その小声に僅かにだけれども聞き慣れはじめるとき、おそらく、この〝……慣れはじめるとき〟の芳香（あまい香り）の微妙な作用なのでしょう、宇宙がやはり僅かに、その色合（いろあい）を変えはじめるような気がしていた、……。奄美通（がよ）いが深くなって、島尾ミホさんのまえに、正座してお話しをする回数も、二十年で八回、九回、十回、……と、これも微妙にそのときどきの呼吸とその呼吸の襲（かさ）なりが変化をしてきた。加計呂麻島（かけろまじま）の村落の何処か、……（「南海日日新聞」の松井輝美さんが、こゝ、阿多地が、……といわれた）デイゴの古樹の下、ミホさんとそこに腰掛けて、対話をしていたときはじめて、こゝに伝わる太古からの夜の匂いをわたくしも読みえたという刹那があった。この部落の道の土の柔かな足音を、これを書いた若き指揮官島尾敏雄氏とともに、もう一度、〃踏み直して〃みるように、ユックリとナガク引いてみたいと思います。

……中尉は生れて二十八年の間にこんな印象深い夜の部落を見たことはないような気になりました。（中略）月かげで、ものなべては青白く、もののかたちは黒々と区切りがついていました。それに中尉さんが部落の路地にふみこむと何とも言いようのない芳香《ほうこう》に包まれてしまいました。たとえてみるなら、全体の調子は甘いのですが、それは橘の実のすっぱさで程よくぼかされていました。さき程の雨で部落はすっかりしめりわたり、その匂いはむせるようでありました。部落うちには到る処古びた大木があって、ひげのように長い沢山の根や茎を垂らしているのでした。この大木たちはお互いに肩を奇妙なふうに組み合わせて部落を包み込んでいました。名知れぬ花が夜だけそっとその蕾《つぼみ》を開くとさえ言われていました。

（「島の果て」島尾敏雄、昭和二十三年一月）

初出は昭和二十三年一月で、神戸の雑誌の『ＶＩＫＩＮＧ』に、……というデータに眼をおとしている刹那に襲なるもうひとつの匂い、色、焦（こ）げるような灰色と混雑の「昭和」、――。

ミホさんのこゝろの奥の細道と、敏雄氏の類い稀な透視力（……だんだんに「透‐視」が、そこに顕（た）ちあらわれてくるような文章の力）によって、わたくしも、とうとう太古から

2003.10.29（水曜日）、P.M.6.39.
奄美空港から東京、羽田へのJAS598
便にて—。いまから数えて、約40分
前にて、浦上の島尾ミホさん宅にいて、
（2〜5.30）、手を振りつつ、もうしば
らく、"全力疾走"のようにて、でう全身を
振られて、走って、追うようにしてTaxi
を見送られた……マヤさんの姿も一緒
にてなのか、そのミホさんの空気が心に
縋（すが）る……。お会いしましてから
20年というお話しをしていて、それが
もう、儀礼でもご挨拶でもない↓

のわたくしたちの生活の辿ってきたミチと夜の匂いが、わたくしにも、とうとう、……と思った次の刹那に、ミホさんのお家の祭壇（ミホ先生を、朝日の俊英カメラマン小林修さんが表で撮（と）ってられるときに、僕は、ミホさんにことわらずに、こっそりとこの写真をとっていました）を撮ったつもりが、太古の路地の〝言いようのない芳香〟が、こゝにうつってきていることに気がついていました。

# 33 小津安二郎の空気感

『機』の（前号十二月の「リレー連載／いのちの叫び」の）今福龍太氏「摩（さす）る人」の、次のようなところに、驚いて眼を瞠（みは）り、息を、この「ホ」のところで、″ほ（穂？火？）っ″と、息を呑（の）み、二〇年も通（かよ）っているのにいまだかつて出逢ったことのない、美しい乙女の姿のような、網野子（アンミョホ）に、わたしは見惚れていた。

> 奄美大島南部、明るい入り江に広がる白砂の汀がまぶしい網野子という小さな集落。「アンミョホ」、とシマンチュは自分たちの村を呼ぶ。「ホ」の音はノドの奥がかすかに擦れる、ハングルの「호」の音に近い。海に面した広場にガジュマルの巨木がある。私は、その根元に祀られているというシマ建て神の丸石を求めてやってきたのだ。

″「ホ」は、ハングルの「호」の音に近い″に、言語越境者の怜悧な耳（みゝ）の感度を、垣間見ていた。この「細道——「ホ」のホソミチ」を、現在の優れた知性は（はや「野性」

とも「フィールド・ワーク」ともいわずに）歩いている。あたらしい足音だ。

「奥の細道」、「狭い道」は、映画や写真のなかにも、静かにねむっていて、旅人（たびびと）が通りかゝるのを待っている。「網野子（アンミョホ）」が『襲』――かさねとは八重撫子の名なるべし（『おくのほそ道』）」の「かさね」か、麗しい土埃（つちぼこり）に似た、路傍のスピリッツ（ラテン語「息（いき）」）なのか。小津安二郎生誕百年の番組（ＮＨＫ教育、二〇〇三年十二月二十七日夜十時〜十一時放送予定。「小津安二郎と反戦」（仮題）。構成／早川敬之氏、制作／大森淳郎氏、撮影／富田浩司氏、音声・照明／石井薫氏）に、吉田喜重監督の対話相手として、わたくしも参加をして、小津作品を幾度も（とめては、戻し、再（また）、戻し）、評論等を読み返していて、こんな個所に〝ホ〟と、たちどまっていた。

**「シンガポールの人っ子一人いない真昼の町筋で、風《かぜ》が吹き、ゴミが舞う光景が撮りたいと小津は二日間その道に低くカメラを据えたまゝだった」**（高橋治氏『絢爛たる影絵』講談社、406-7頁）の「戻って来てはカメラをのぞく」この小津安二郎の姿が（高橋氏によって活写されていて）、とっても濃く、印象に残ったのだった。

　こうして「カメラを据えたまゝ、戻って来てはカメラをのぞく」小津安二郎の目が、その「映画」作品のなかに、狭いが独特の空気の道を、「映画の目が歩いて行く道」をつくり、確実に、いや、正確に、……わたくしたちの眼が通りかゝるのを待っている。「映像言語」とも、「イマージュ」ともいえない、カメラの小僧（こぞう）のような瞳――。こんな言葉

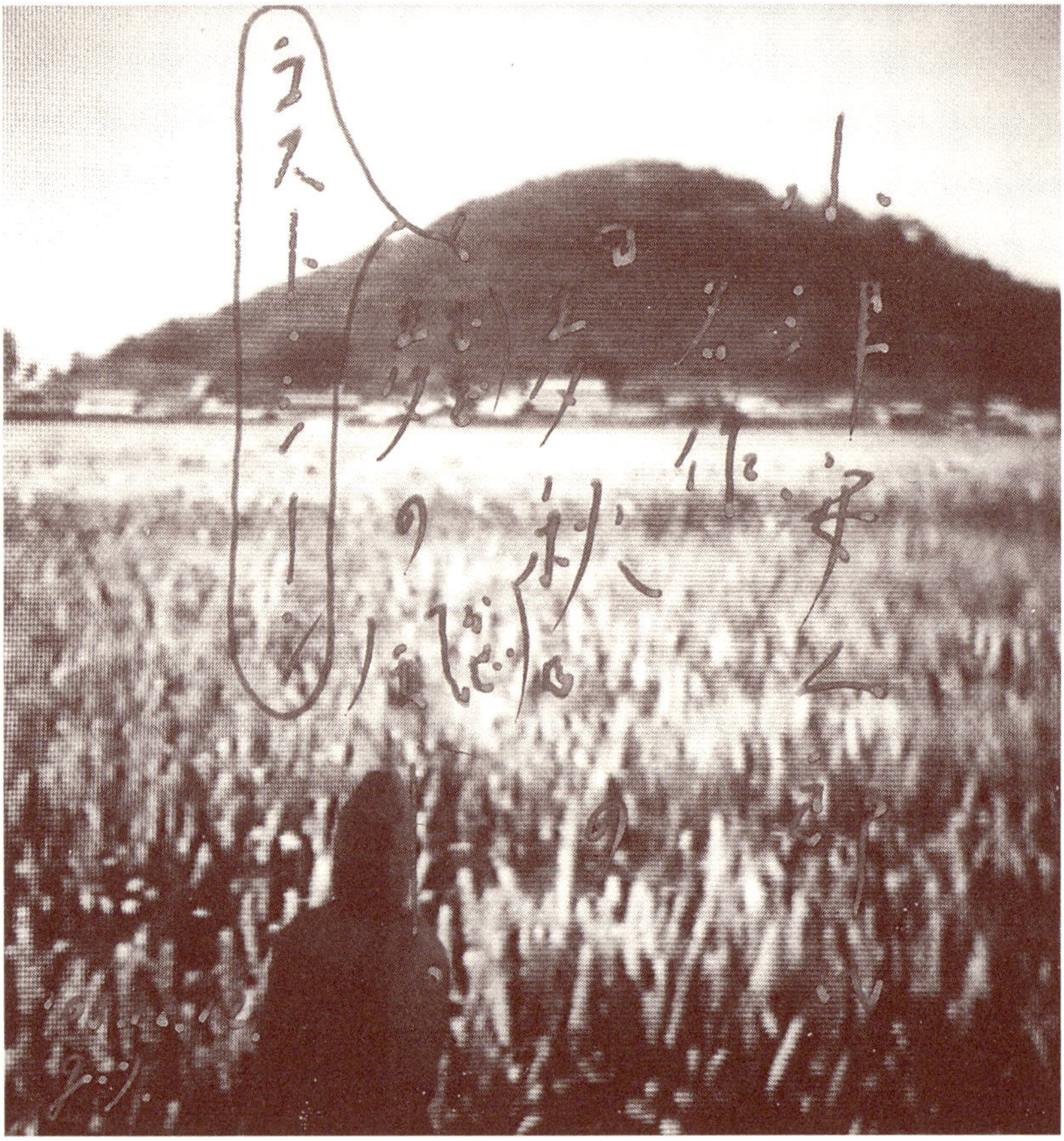
ラストシーン

が跳びだして来るとは思いがけなかったので、わたくしも又、この「カメラの小僧のような瞳（ひとみ）」に驚く。こうして、「小津の空気感（「空気枕」にも「水枕」にも）」に、気がついていた。名作『麦秋』のラストシーンの麦の穂のゆれは、風というより、小津安二郎の目のなかの、空気（の道）のゆれなのだ。

# 34 小僧の眼

先月、「小津安二郎の映画」の眼を、綴りつゝ細かく追尾して行くうちに、「カメラの小僧（こぞう、…）のような瞳」が、薄《うっす》らと画背（〝がはい〟と書いて、〝像のようなものの〟重なりの出現に再（また）驚く、……）に、顕（た、…）ってくるのをみとめて、書き手も、書く手をとめて、しばらく考えていた。小僧（こぞう、…）の画像が、立った途端に、何処からか、お囃子や小鼓が聞こえてきていたのかも知れなかった。それに、小僧（こぞう、…）さんは、お寺さんの可愛らしい子だけではない。あかぎれ（皹）、しもやけ（霜焼け）に泣く、丁稚奉公の幼ない子の像でもあって、小僧（こぞう、…）とわたくしたちが発語した刹那に、子等の像が、一連（ひとつらな）りの、オヂゾーサンの姿となって、顕（た、…）ちあらわれる。**――小津安二郎監督にも助監督のときがあって、映画の古い現場の職人さんたちの気息が、物の音が、かすかに聞こえてきていたのだと思います。**これも「映画」か初期の

T.V.ドラマで、こゝろにきざみつけられた呼び方があった。新聞社の独特の言葉だったのか、〝子供（こども、…）、お茶！〟。証券会社もそうだったのか。これで、すっかり、新聞社や証券会社がいやになったわけではなかったのだが、……。

小津さんに戻ります。旧臘（二〇〇三年十二月二十七日　NHK教育「小津安二郎、静かな反戦」）、吉田喜重さんのお話し相手をして以来、番組が口火となって、「小津さんの映画」（この云い方、トーンは吉田監督の）そして、深く、映画を考えてられる、吉田氏の思考への参入の糸口をつかんでいた。途上からのライフワークだけれども、……。『小早川家の秋』を批判した、若き吉田喜重氏に対して、（監督たちの大船での）新年会の席上で、黙って小津は盃をかわし、一言（ひとこと）、〝しょせん映画監督は、橋の下で菰《こも》をかぶり、客を引く女郎だよ〟と言われたという。この言葉と言外の深みを四十年間考えつゞけてられる吉田さんに、僕の門外からの考えなど、とるべきものはない。幼ない、掠めるような像だけれども、そこに、……小僧の神様が立っているような気がしていた。

# 35　小津安二郎、変な感じ

小津映画をめぐってのシンポジウム（二〇〇三年十二月十二日　有楽町朝日ホール）を、VTRでみていて、実作者の短いが、だが鋭い、別種の光の……（光源が、そこから垣間みえる）ような発言に、衝（〝つ〟というより、刺（さ）ゝれてヵ）かれていた。黒沢清監督は〝小津映画はどうみても速い（〝早い〟か、……）、何か変ってみえる、……〟と。青山真治監督の（とても、膨（ふく）らみをもたせている、……）〝何だ、これは、……という驚き〟。台湾の侯孝賢（ホウ・シャオシェン）監督の〝この家の主人（〝主（ぬし）〟といったほうがよいのか。亡きあとに、その家（や）の空気を支配している者、……）は、誰か〟等、映画の急所というよりも、映画の隠れた目と出逢う、……わくわくさせるような瞬間（場面、……）があった。

〝何だ、これは、……変なかんじ〟とは、いったい何なのだろうか。リズムとも韻ともいえる、漣（さゞ、……）「波ひとつ」（「*A Wave*」は、*John Ashbery*＝ジョン・アシュベリーの一九八四年の詩集のタイトル。偶々（たま〳〵）机上にあって眼にとまる）……の、〝波ひとつ〟の姿や、ひかりの記憶、ひかりの疵（きず）のようなものに、それは似ているのではないのだろうか。「名作」、小津の『東京物語』の、とりわけ（とりわけというとき、こゝに、おそらく、特殊な記憶の疵がもうひとつの疵に割り込むようだ。湯気（土方巽氏）が、煙りの、なんだか焦（こ）げるようなものの匂いがして、それと判る、……）、お祖母（おばあちゃん）役の東山千栄子さんの台詞、――〝（熱海の茶碗蒸し、……宿では、お刺身に、それに）おおけな玉子焼きも出てのう、……〟。〝おおけ〟（は、尾道あたりのトーンだろう）を、いま、わたくしは、志賀直哉氏の『暗夜行路』（新潮文庫、一四二頁、十三行目の）の〝醤油樽《しょうゆだる》に二タ廻《まわ》りもあるおおけえ穴があいとりますがのう〟、この〝おおけえ穴〟に、（大鏡に手鏡をちかずけるようにして）映してみている。そう、親しく口《くち》を、そこに近づけている。こゝから、戦後の貴重なものたちの香り匂い、……（「ものたち」なんていうと、とってもハズカシイ。やはり東山さんの〝おおけ〟だ、……）へのミチが一息にひらくし、志賀直哉を心読する小津安二郎の眼の奥の〝（漣）波ひとつ〟もみえだす筈だ（「……二三日前から暗夜行路を読む。……激しいものに甚だうたれた。これハ何年にもないことだった。誠に感ず。」（『全日記　小津安二郎』一九三九年五月九日。「時任謙作屋島行のくだりがしきりに思ひ出される。もう読み終って〈暗夜行路〉、十日程にもなるのに神韻縹緲とでもいうのであらうか、未だに新しい感動を覚へて快よい。」（同、十七日））。機に、縁に、恵まれて、なんだか途方もない、〝波ひとつ〟〝波ふたつ〟と宇宙がそ

の窓をひらきはじめる、その時の入口に立ったようだ。（しかししかし、これは児戯に類した、小津さんなら〝橋の下で菰をかぶり、客を引く、……〟といわれるだろうような仕草だけれども、……）。〝おおけ（な）玉子焼き〟も、じつに〝変なかんじ〟。〝何か変だぞ、何だ、これは、……という驚き〟は、十年、十五年もすると、未知の（眼の）触覚になりはじめるのではないのだろうか。（「屋台のすし屋に小僧が入って来て一度持ったすしを価（ね）をいわれまた置いて出て行く、これだけが実際自分がその場にいあわせて見た。」『小僧の神様』あとがき、昭和八年、志賀直哉、岩波文庫）この「屋台」と「小僧」の「神様」が、まだ、何処からか、覗いている。

## 36 鉄の（純粋な）眼——若林 奮

先号のお詫びと、お隣りのページへの（歌舞伎の観客席背後からのような）エールと掛け声。先号『機』の加藤晴久氏の連載「『ル・モンド』紙から世界を読む」14のはじめの引用（仏ニコラ・サルコジ内務相）の言葉が面白かった。「東京は息が詰まる。天皇家の京都の庭園は陰気。相撲はインテリのスポーツではない。」加藤教授の伝える政治的な含みと背景を念頭に置いて、この言葉（の翻訳空間）を読みながら、刹那に、色というか、空気が、トーンが変るのを、誰かゞ、それをたのしんでいるかのようだった。〝息が、……〟〝陰気〟のところで、薄い灰色の空と和菓子を、おもい浮べたらしいその誰かの、言葉が聞こえはじめる。なんでしょうね、半透明の景色が、田舎芝居の引幕が（下駄や草履のたてるおともかすかにまざって）顕《た》ってきているのが、その誰かの眼にみえているように感じられて、そのコクセキフメーの空気が面白かった。なんだか少し、想像上の「狂言芝居」みたいだけれども。お詫びは「小津安二郎、変な感じ」。その追記。「(二〇〇三年十二月十二日 有楽町朝日ホール) シンポジウム」で、いまその作品が、評判をよんでいるポルトガルのペドロ・コスタ監督が、「小津はパンクだ」と看破したという。何号か後でこのこと続けます。先号で黒沢清、青山真治両監督の言葉を引いて、その言葉に触ったことが、まるで、野火が、枯木や枯草を燃やすかのように、気がつくと旅先（二〇〇四年三月十五日〜四月四日）の奄美で、まず黒沢清氏の『アカルイミライ』をDVDで観て、映像の驚異に瞠目していた。誰かの眼が、すっかり驚いている。名瀬のTsuTaYaさんには、青山真治監督の名作『ユリイカ』（DVD）がなくって、コザ（沖縄）まで、再見を待たなくてはならない。彫刻家若林奮（いさむ）氏が、旧年十月に六十七才で亡くなられ、偲ぶ会が三月十三日に催された。その集いでの挨拶のために、残された言葉を読んでいると、誰の眼に感じられるのか、射るように入ってくる別種の光。読みさしの前田英樹氏との『対論・彫刻空間——物質と思考』（書肆山田）で、こんな鉄との出逢いを語る、若林奮に、再（また、…）出逢っていた。曰く「鉄が輝いていた。……それは一瞬の出来事であると同時に、鉄が生地を出して輝きを表すということは、鉄にとっては非常に不安定な状態であるということになる、……」（同書51〜52頁、文責引用者）。誰の眼に？　非常な驚きをつたえる、この「不安定」が、鉄の（純粋な）眼？

# 37　島の井への下り口——沖永良部

ごらん下さることになるでしょう、写真のプリントが、出来上ってくる間のとき、待っている間に考えていた。奄美諸島にかよいはじめて、ほゞ二十年以上となった、……。沖永良部、住吉の暗河（クラゴー。全集おめでとうございます。昔、石牟礼道子さん他の同人誌も『暗河（くらごう）』という名だった、……）への下り口の空気が、はたして、みなさんのお眼に触れうるのだろうか（「とゞくだろうか」と書こうとして、「触れうる」でよいと決したときの質感のようなもの、……）。沖永良部島は、平らかで、あかるい、不思議な（眼にみえない奥のふかい）島です。この島の生命の泉が、暗河（くらごう）。川《カー》とも川《ホー》ともいゝ、その名のよびかたの空気の揺れが、とても奇麗だ。類稀なる作家島尾敏雄氏に『川まで』という、この島を訪ねた異邦人の眼の佳作があって、島尾さんの想像力の働きの、……*amazing*＝びっくりするようにすばらしいものの、……さそい、その働きを、誘いの水にして、わたくしは、この段々（「だんだん」「階段」といわずに、……）を下りて行った。奄美自由大学（今福龍太氏主催、今年が第三回で、10/8～10奄美大島）のときにも、通りかゝった台風に追われるようにして、この段々を下った。高橋悠治夫妻も側《そば》に並んで、……。この春も再《また》、映画製作（テレコムスタッフ制作『妣の国の下の母の声――島ノ唄』）のためにこゝを、この、……そうか、大渦巻、大渦潮の記憶でもある、……この住吉の暗河の入口に、茫然とわたくしは佇んで居たのだった。だがしかし、生活のために通う方々も、もうシマにはおられない。奇麗に保たれてはいても、大井戸、太古の泉の空気は残ってはいても、なぜだかどこかゞ、淋しい。桶（おけ）を頭（あたま？　かしら？）に上って行かれる女人（おんなびと）の身体を想像し、賑い、嬌声、澄んだ朝霧が下りてくる景色を想像しようとするのだが、どこかにムリがある。そして所用があって、慶應義塾大学出版会に坂上弘さんをおたずねして、写真と書物（『日本文化の源流をたずねて』綛野和子氏著、写真・芳賀日出男氏）に出逢っていた。そのときの驚きと歓びの声を、わたくしはどういゝあらわしたらよいのだろうか。旧生活道（こんな言葉はないのだろうが、……）が、サッと浮上した。歌声とともに、……。この本のページに、宝貝を添えたのは、わたくしの手と指だ。こゝには下りては、来られなかったのだろうが、永遠の（いや、「ひさかた」＝「ひさごがた」の）「下り口」への歩行者、折口信夫のこの歌

**島の井に　水を戴くをとめのころも。**

## その襟細き胸は濡れたり

に、こゝで（この写真のミチで）はじめて（「写真」に、手と指を添える、そのときに）、そして復（また、……）、出逢っていたことにも気がついていた。段々が美しく濡れている。（編集部の山崎優子さんと相談をしながら、今月の標題を「住吉の暗河」から「……への下り口」に入れかえていて気がつく。）女人（おんなびと）は上って居るな。しかし、ミチのこえ（小声）をきゝ、浜へ下りる口《クチ》＝*ru-essan*＝折口さんの声を、たしかにきいて、下り口とした。

# 38 ごろごろ

「島の井への下り口」（『機』前号、このページ）の一葉の古写真（「古い写真」といわずに…）を、いつまでも眺めている古い瞳の存在が、別種の眼のように感じられて、その「別種の眼の芽生え」の感覚をだろうか、それをしばらくたのしんでいた。……感慨があった。ほんの七十年、八十年の命（いのち、…）にも、この命にだけ、初めてみせるらしい影画の世界があると。影踏遊（かげふみあそ）びにも、それは似ているのだろうか。「影踏《かげふみ》」といういゝ方には、水汲み場での女の人たちの嬌声が映っているが、それにもまして、〝水汲みの労働、……〟が、月面の天秤棒（を負う男、…）へと〝投影（*a (cast) shadow, project, reflect,…*）〟されて行くときの、ソノ道筋のこゝろの絲のふるえが切ない。「切ない」の英語のひとつには、*longing*（思慕、あこがれ）がある。

京都に来て、「座、—*constellation*」というイベント（京都造形芸術大学 '04 五月二十三日、

a (cat) shadow, projected reflect...
2004 5 23

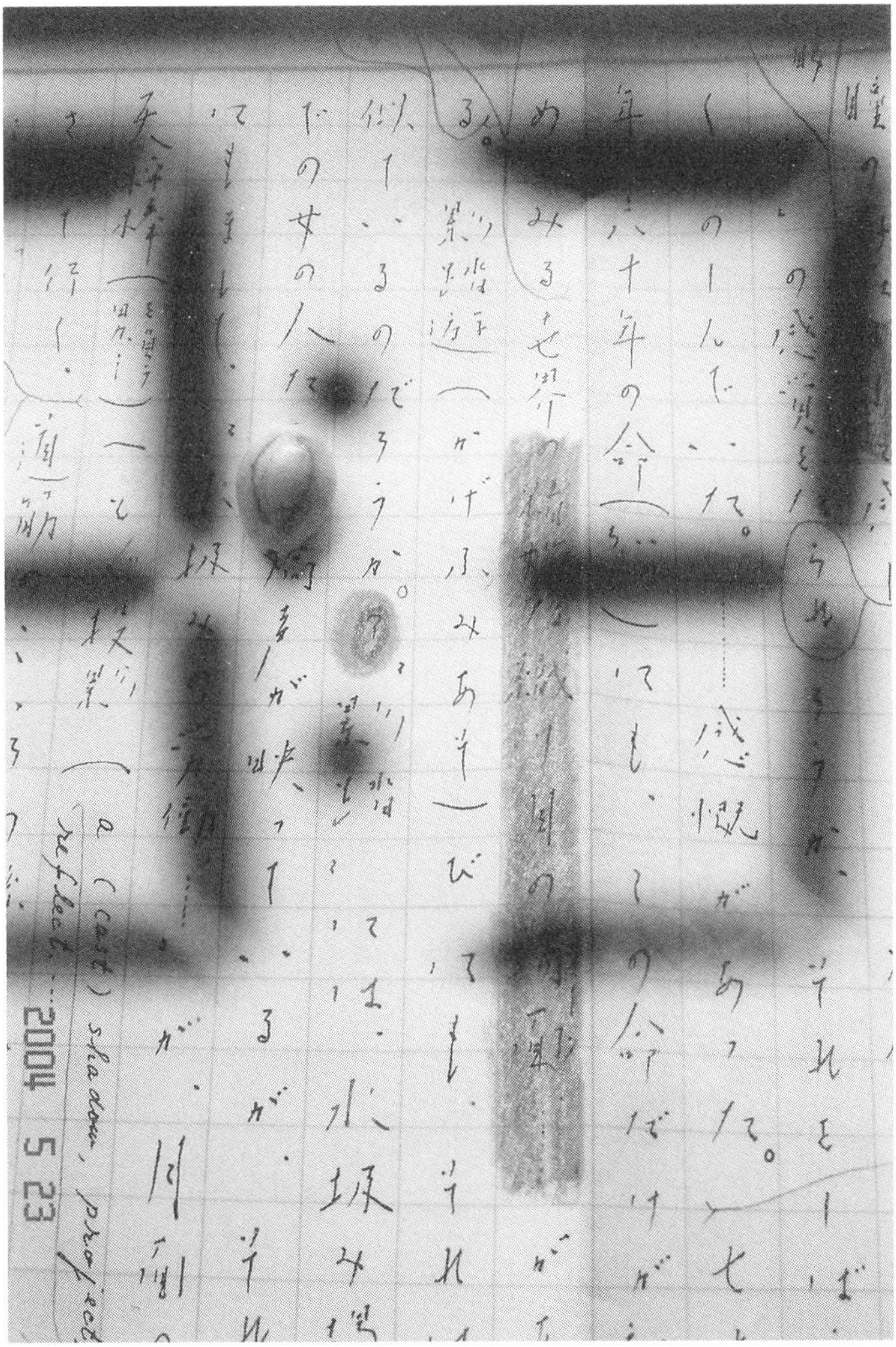

舞台芸術センター、監督・八角聡仁氏）に参加する寸前のときを、京都御所の蛤御門前のホテルのカフェで、〝少し前の映像〟と〝もっと前の過去の映像〟と間に橋をかけることという（八角さんの書いた、…）言葉を見詰めていた。「島の井への下り口」（『機』前号、このページ）の一葉の古写真上に、オキナワの宝貝《たからがい》を一つ、象眼《ぞうがん》するように、段々のひかりのなかに添え、上って行って下って来る？　女人《おんなびと》の濡れた足元の月の匂いのようにしたのは、わたくしの指《ゆび》と手だったのだが、もうその手が、誰のものだったのか判らないようになって来ている。写真の経験、写真（という）経験を、わたくしたちは初めてしているのではないのか。〝分身や影の領域〟へと分け入って行くために「写真（という／としての）経験」が、わたくしたちの思考の襞（ひだ）の蔭（かげ）と、初めて、雲母（うんも。きらゝ）のように、幼な児の手に似て、世界をそっと、はぐりはじめている、その手の物音を聞き、こゝろの遠いところで、いまだかつて、これを経験したことのない、古人、古仏、異人さん方にもかすかな物音の信号をと、はかる（測る、量る、謀る、諮る、…）こゝろが働いていたのかも知れなかった。翻訳が出たばかり（守中高明氏訳、未来社刊）の *Jacques Derrida*『*Khôra*』（『コーラ』）から、一言（ひとこと）を、攫（さら）って、今朝の手と、手のシャッター、雨戸（「アマド」は、朝鮮の言葉で、「多分」、…）を、下ろそう。〝底なき重ね写し（の入れ子《コ》）のコーラ〟。その底の底なき底のふかきおと、……。ごろごろ、ごろごろ。

# 39 藤色のカード袋に宝貝

（旧版の、……）定本『柳田國男集』（筑摩書房、昭和四十五年刊）月報を手にして、読みはじめていた。そのときに、あるいはこちらの方が読むことを導く、筋でゞもあるのか、繊維質の物のほつれが、……総《ふさ》か房《ふさ》（04 六月二十五日 早稲田、今福龍太氏）の、麗しい手触りと、細められた眸、凝《こ》らされた瞳が、すぐ傍（かたわら）に感じられて、こんな個処を、〝おそらくこうしたことが起ることこそが柳田國男を読むこと（のよろこび）だと、……〟深くうなずきながら、ながく師の傍におられたのであろう人の眸の空気ノ、目、……を読んでいた。しばらくときを忘れて（「柱のかげから」鎌田久子）。

一冊の本が生れるについては、人がこの世に生をうけるのと同じように、何か不思議な因縁があるのではなかろうか。……南島研究会、島の人に話をきく会など、沖縄に関する研究会には、先生は全力でぶつかって居られる。藤色のカード袋を片手に、会をリードなさるのはいつも先生であった。先生の書斎には、中央に四本の柱がある。私はいつもその柱の陰から、先生のフエルトの草履をみながら、そっとお話を伺っていた。……三十六年七月十五日、先生のお誕生日を前にして、『海上の道』は出版された。ながい間、袋の中に眠っていた宝貝も、カラーで見事にうつし出されている。仲宗根さん、親泊さん、宮良さん、あちこちに発送しながら、一番島の人が喜んでくださるのではないかしらと、そのうれしさは格別であった。

（傍点引用者）

鎌田さんのフデに、二度登場する〝袋〟、最初は〝藤色のカード袋〟、つゞいて〝袋の中に眠っていた宝貝〟、ここで目眩（めまい）を覚えるのはわたくしだけではないだろう。〝先生のフエルトの（お）草履〟と、〝藤色のカード袋〟の色合い、柔かさ、仕草、足音、物音までもが、鎌田さんの眸の空気には宿されていて、わたくしたちはその〝目の空気のひろがり〟を読んでいる。もうそのときには、八重干瀬（やえびし／やびじ）の宝貝は、藤色のカード袋を家にして静かに睡っている。そうして耳を澄ますと貝の音楽が聞こえてくる。柳田さんの心中の音までも、……。たぶん、……藤色の袋のなかに睡る宝貝、……が、柳田國男の謎なのだ、……。やっぱりそうであったのか、……とつぶやく声と〝玉〟とはなにか、というもうひとつの声が、わたくしたちの心の汐路に、次に響きはじめる、……。今夜は、このくらいにして睡ろう。コンピュータも閉じて、……。と別の途（みち、……）に入って行ったのだろう、「枕元」の一冊、『グアテマラ伝説集』（M・A・アストゥ

2004 6 20

リアス、牛島信明氏訳、国書刊行会刊）の九七頁「アティトゥラン湖」のページを開いて、
わたくしはわたくしのはこんでる宝貝を（玉をだな）そっと置いた。どうでしょう、水の色、
……藤色にみえませんか？

# 40　紙裏（かみうら、…）に

（実況放送、……何故か、競馬の、……そうだ、ゲートの開（あ）くときのあの音への驚きだ、……）みなさんの眼裏（まうら、…）に、きっと仄かに残っていることでしょう、『機』の、このページの紙裏（かみうら、…）に、「土田正昭先生／岡部伊都子」と岡部さんの世界が、裏写り（うらうつり、…）というよりも、梳（す、…）くように、透（す、…）き、通ってみえていて、それに驚いていた。なんなのでしょう。教えを乞おうと、すぐにお届けをし、先号のこのページをごらん下さった早稲田大学の高橋世織教授は、〃……背景のざらつき、縞模様、斑紋がいとおもしろく、干渉波なのか、翳も時刻（そうそう世織教授に、撮影時に、「硝子時計」を翳していることを見破られていた、…）が、まるで風景や背景の消し印効果になっていて、そこに空気の介在者の影がみえてきています、……〃と、この言葉の織目や言葉の仕草をまえにして、しばらく佇んでいたい、そんな、次の次の澄んだ眸の空気が届けられていた。「（風景の、……）消し印」が面白い。じつは、『機』のこのところ二、三号のこのページの写真は、書物の写真頁からの写真なのであって、そこに「硝子時刻」や「宝貝」を、（手が、……）そっと、微物をそこに象嵌（ぞうがん）をするように、写真と写真の狭間の空に、……そうだ、もう一葉の空をつくるように、……だ、微物をはこぶ手つきをそこに、挟（はさ、…）んでいる。囲碁の名手が不図、隅の石を並べなおすときの、そんな手つきに近いのか。あるいは「拈華（ねんげ、…）」の、「華（はな、…）を拈（つまむ、…）」仕草にも、その心は似ているのか。「他界」は、おそらく、紙と紙のあいだを、写真と写真のあいだの空（そら、…）を移る。裏（うら、…）に写る。いつだったか、済州島の漁師さんたちが、海にみたてた筵（むしろ、…）に賽を投げて吉兇を占うのをみて、心中の空気が咄嗟に感じられて、驚いたことがあった。筵（むしろ、…）一枚下の世界、……。あるいは、こうして、ためすことによって、〝次の澄んだ眸の空気、……〟を得ようとしているのだろう。レヴィ＝ストロースの名著『悲しき熱帯』の一頁で出逢って驚いてから三十年、四十年……。この女《ひと》の心の織物の上にも、宝貝を添えてみた。汐の香のおとゞけもの？　この紙裏では、どんな言葉が囁かれているのでしょう。

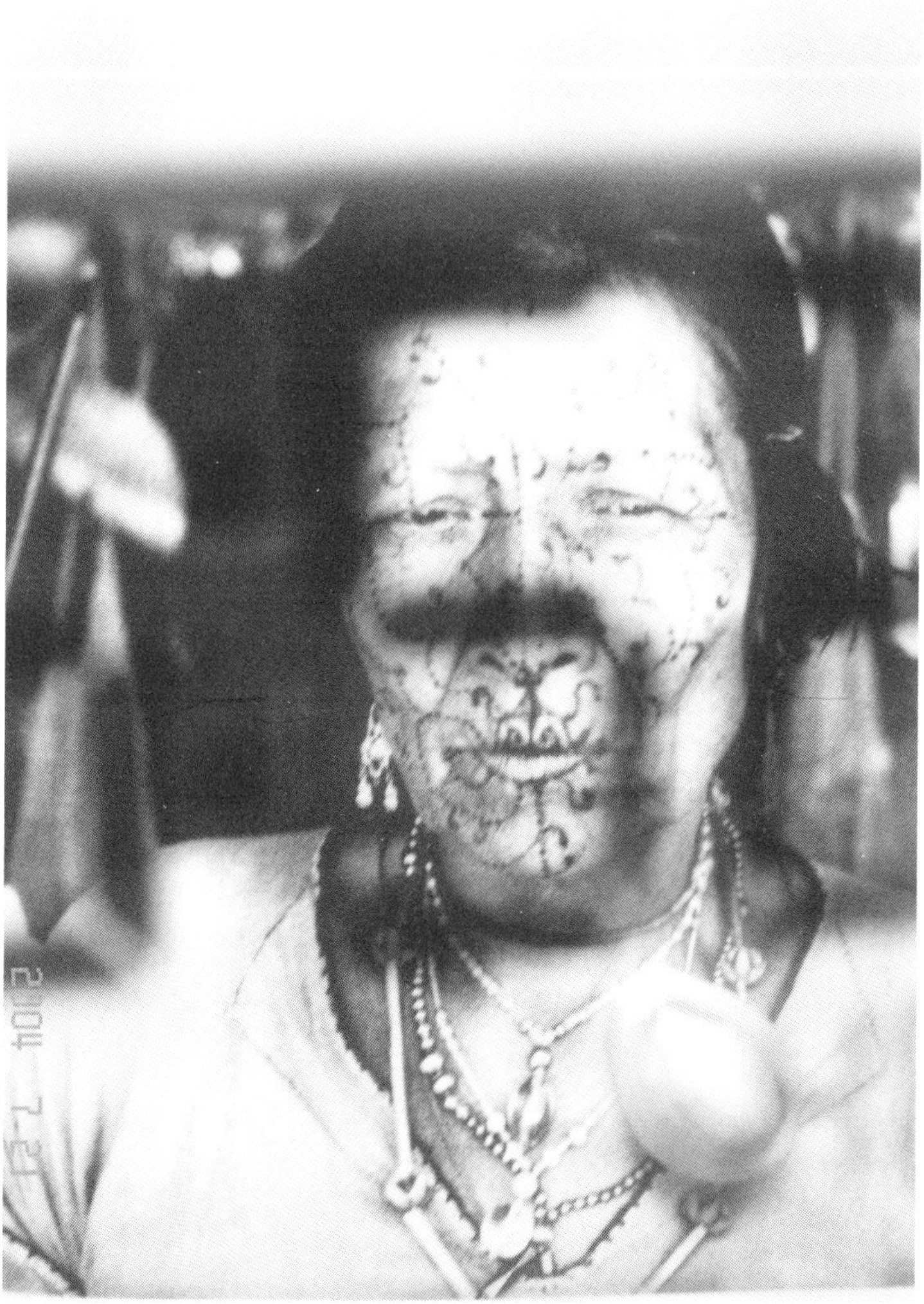

# 41　アラーキー山門に立つ

裏からうつ（写、移、映、遷）しているのか、表からうつ（*project, cast, copy, move*）しているのか、それが不分明で幽かな境域に、眼をはこんで、今月の『機』のページを、立てようと考えていた。それが立つまでは、宇宙も、宇宙の物音も、然（しか、…）とは判らぬ。『機』このページの先月の「紙裏（かみうら、…）に」の刺青をした（お）顔のブラジルの女の人を、「松下竜一氏の深愛／岡部伊都子」と、明かりに翳して、「紙裏の彼岸（むこう、…）」をみていて、「ふと」でも、「咄嗟に」でもない、静かに、ブラジルの女の人の（お）顔の刺青が、そと（そっと、…）しばらく、時間をかけてほどける音が聞こえる気がしていた。もっともっと深く写真には、透かして翳してみる仕草も遊びもが、潜在していたのだし、出をまっていた筈なのに、いつの間にか、仕草も思考も、こわばってしまってきているのではないのでしょうか。「伊都子さん」が、ブラジルの女の人の眼間（まなかい、…）の裏に、

2004 8 26

初めての痣か、青（あざ、花札の用語、…）のように、水底（みなそこ、…）に、しずんでいて、とても美しい。刺青のことを、忘れよう忘れようとする心もあることだろう。しかし、そうすることで生きていたそれですべての生の宇宙に寄せる波の心もあるのです。

裏からうつ（写、移、映、遷）しているのか、表からうつ（*project, cast, copy, move*）しているのか、それが不分明で幽かな境域に、今月の『機』のページを、立てようと考えて、夏の鎌倉に行った。詩仙田村隆一氏の七回忌が、八月二十六日、名刹妙本寺で持たれて、親類縁者が、比企一族所縁の古庭に参集をした。早く行って受け付けに坐っていると、荒木経惟（アラーキー、…）が立ってきた。「立ってきた」は言葉がおかしいのだけれども、きっと当っている。「写真をとること」と「写真をとるひとをとること」、その門口（かどぐち、…）に誰かゞ立った一瞬で、それはあった。愛《あい》弟子の野村佐紀子嬢（アラーキーの右肩、白いオボーシの女（ひと））をともない、新型ライカM7を左手小脇に。ご覧ください。いかに無意識に、荒木経惟がM7を、大切に、小脇にかゝえているかを。画面の「時間の刺青、……」は、14・32（二時三十二分）、法要のはじまりよりも、三十分も早く、荒木がお寺にやってきていた。大事にかゝえているのがきっと命だね。

# 42　「白川」は雪の女神の髪形

白川郷をいちどは訪ねてみたい、……という老母（悦さん、……）の希いのお伴、初秋の飛騨路を、奥深く、（ユネスコ）「世界遺産」の指定を受けるほどに高名な里に足をふみ入れ、「わだやさん」という佳宿に、宿を借りた、……。〝宿を借りる、……〟という表現が当る。「お伴」は、隅の四畳半、悦さんは表の六畳。……地酒に酔って睡ると夢中に「白川のスピリッツ」があらわれて語りかけた。……という程の「桃源ノ境」ではないのだけれども、「平常」*or*「平常心」の微細な変化が、心身のスキマに入り込む。〝宿を借りる、……〟は、身体の夢の皮膚の部分を、違う空気にさらしてみるということだ。この深い夜から、僅かに僅かに、太古の人の身体感覚を、察知し得る気がしていた、……。「深い夜」には、宿の主（ぬし）である、和田利治さん、卯之恵さんの挙措、声のくゞもり、……というより、長年にわたってつちかわれたであろう空気の音楽が、夢に這入っても来て、それと家の建材のきしみ、きしり、ほどけ、くず（崩）れが、襲なって夢の皮膚に、その絵模様を描きだす。

　でも、その、……なんといおう、思い切って「夢の瘤（こぶ）」の手ざわりと名付けてみようか。それは、夕食時にみせていたゞいた、VTRでみた「ネソの若木」（「ネソの若木」はいゝ方が正確ではない。でも、……）の柔かさ、しなり、その驚きから来ていたことはほゞ確実で、次の日、別人が（影が）歩きだして、保存の家（和田家）の「ネソ」の言葉に耳を澄ますように、屋根裏に佇んでこの「写真」をとっていたことで、わたくしはその驚きをあらためて知った。「ネソ」が、ぎしりぎしり *or* みしりみしりと、藁と横木を、永い時間をかけて、結ぶのだという。そのネソの音を聞く耳と心の驚異を僅かに知ることが出来る。〝そうだな、木の瘤を、その建築の芯に据えたアントニオ・ガウディーに、この「ネソの若木のこと」を教えてやりたい、……〟とつぶやく声を、わたくしは聞いていた。だが、それ以上に、「縄文」のイメージが、結（ゆい）や根（ネソ）や髪形の動的で巨大なイメージに戻って行くのを実感していた。「合掌」は正しくないのだと思う。「白川」は雪の女神の髪形だ。東京に戻り、（津田新吾さんが、池間島からはこんで来てくれた、……）宝貝、キイロダカラガイを「ネソ」に添えた。

# 43　アジアの女の火の詩人──トリン・T・ミンハ

匂いを嗅ぐ仕草の、よほどふかい印象が大昔から身体にはあって、こんな物語のスジを生んでいたのかも知れなかった。今秋の奄美自由大学（ことしで第三回。二〇〇四年十月八日～十日、今福龍太氏主宰）の特別ゲストはベトナムのハノイに生れ、いまはカリフォルニア大学バークレー校の教授、こういってよければ、そういいたい、アジアの女の火の詩人＝トリン・T・ミンハさん。

秋の奄美の「ばしゃ山村」のアサの食卓で、ミンハさんは、静かにこんなふうに話しはじめていた……。「半日もセネガルの凸凹道を揺られて走ってから、道に大事な *light meter* を忘れてきたことに気がついたのね。その *light meter* をさがしにまたいま来たミチを半日かけて戻るかどうか、スタッフみんなで迷ってしまって、わたし自身も、もう戻らない方に手をあげていたのね。それからの撮影は、だから *light meter* なしで、私の眼の奥にわた

2004 10

しの *light meter* を据えて、その「眼」で映画（'83年の処女作『ル・アッサンブラージュ』等）を撮らなくてはならなくって、……「赤い色」もそのせい（、……とフィルムを冷蔵庫に入れておけなかったため）なのね。貴方（*gozo,*……）がはじめて読みとって下さった『ル・アッサンブラージュ』のタイトルに添えた言葉、*"from the fire light to the screen"* にも、もしかしたら、草原の道端に置き忘れて来てしまって、だんだんに弱くなって、最後には幽かな赤い光をだしていたでしょうね、あの *light meter* の旅路が映っているのかも知れませんね。」

少し想像を加えてミンハさんの、静かな英語の語りの筋道を回想していて、枯草の燃える匂いや、奇麗に積まれた家の入口脇の、土の壺たちのなんとも倖せそうな風情、女の人たちの装身具がまるで空中の楽譜のようにみえた、T・ミンハさんの映画の類例のない、奇跡的な（たどたどしい、……じぐざぐの）映像の手縫いの印象が、この聞きとりには入り込んで来ている。そうして、ミンハさんの忘れて来た *light meter* が、どうしても「露出計」という訳語を引きださずに、生きて光る美しい模様の蛇のように、ミンハさんの話の間じゅう想像されていたのは何故だろうか。この想像をわたくしはたのしむ。あるいは *light meter* は、水牛の背中を打つための柔らかなベトナムの棒切、木片（きゞれ）でもあったのかも知れなかった。それが朝の食卓にあらわれて、奄美のばしゃ布（ぎん、……＝芭蕉布）の糸の匂いと混（まじ）りあう、そのときだった。

# 44 聶《ニエ》夫人(*Hualing Nieh Engle*)

恩師 *Paul Engle* 教授のお墓（中西部アイオワ）参りをして、しばらく、あたらしいアメリカの像が顕《た》ってくるのを覚えて、こゝろは異地をさ迷うようだった。しっかりとそれを自覚するには、さらに数年数十年もかゝるだろうことを、そのことを知りながら綴ろうとしているので、きっと判りにくい文章になるでしょう。

だがしかし、わたくしたちは、もっと〝判りにくいこと〟を語ろうと努めなければならないのだ。十三年前の一九九一年シカゴ *O'hare* 空港で聶《ニエ》夫人とともにポーランドへ旅立とうとされた日に、空港で倒れられて（〝雑誌を買いに行ってくるよ、……と云われて、〝いつまで待っても帰ってこられなかった、……〟）、エングルさんは亡くなられた。綴りつゝ、どこからか、驚きの小声が聞こえる。おそらく聶夫人の内心の声もこゝにはかさなっている。〝ポールが倒れるなんて〟。一時代、二時代前、アメリカのリンカーン、ホイットマン、そして建築家フランク・ロイド・ライトを想わせる、エングル氏は偉丈夫だった。ケンブリッジ訛りかオックスフォード訛りか、噛んで含めるような「エングルさんの英語」（*Gozo… do-you-know？what brought-you-here, do-you-know？*）が、耳元にいまだに響いている。激しい気質、天才的な機知、……アイオワでは、ジョン・ウェインと並び称されると聞いてはいたのだが、聶夫人の思い出話で、グレゴリー・ペック氏と肝胆相照らす間柄だったと知らされて、なにかの光が微妙に変る。この〝なにか〟は、判然とはしないが、それを知ろうとするこゝろの背後の、もうひとつのこゝろが動きだしているのがよく判る、……といえば当るのだろうか。さらなる迷路（きっと、じつに豊かな、……）への道が、……。思い出話に、耽っているうちに、聶夫人の自叙伝『三生三世』とともに手にした、島田順子さんの（大阪外国語大学博士論文）「聶華苓《ニエファオリン》論」のなかの、次の一行が音もなく、わたくしのなかに忍びこんで来ていて驚かされていた。「幼い娘（十歳位？）の華苓は、ドアの鍵穴から祖父と客がアヘンを吸っている様子をのぞき見て、その香りを楽しんだのだ。」わたくしのなかに忍びこんで来たのは、無言の通い路、……。そしてポール・エングルさんの〝*look Gozo… Hualing had an opium dream*〟その含み笑いが、……。こうして吸ったことのないアヘンの香りの通り路が、朧（おぼろ）にみえ（聞こえ、……）てきて、苦労をされた小説家の聶華苓エングルさんの生涯に、不図、近づいた一瞬が、たしかにあった。

ENGLE
HUALING NIEH
1925
PAUL HAMILT
1908 —

# 45 たしだし

〝ゆるやかな刹那〟というものもあるのではないのだろうか。イェーツは、〝刹那を引き伸ばす〟といったが、……。先月の『機』の鶴見俊輔氏、岡部伊都子さんの深く（どっしり、ぐさり、……と）こゝろに射し込むひかりのような印象に深い対話を幾度も読んでいて、鶴見氏のいう〝ぼんやりした考え〟に、なんともいえない蒸気の立ちのぼる濁った芳香を覚えて、鶴見氏の発語に、わたくしは歩をとめていた。ほとんど何も考えずに〝蒸気の立ちのぼる濁った芳香、……〟と綴って、垣河（ごうが、ガンガー、*Ganges*）の砂と光と中洲と水、いつだったか鶴見俊輔氏が語っていた、タゴール（*Rabindranath Tagor* ベンガルの発語だとロビンドロナト・タクル爺さんだ、……）の世界語の馨りを、なんとはなしに思い出していたのだった。そうして、知らず知らずのうちに、身体は奥で舌（した）をうごかしていたらしい。口に甘いタネ（種子）が乗っているような、……これをしばらく瞑目して綴って行けば、音楽が、書けそうな、〝ぼんやりした考え〟にも、接していた。
鶴見、岡部対話にこゝろがうごいたのは、先月の「聶《ニエ》夫人」、小文に、〝ぼんやりした、……〟なにかが不足していたことへの反省からだった。しかし怖ろしい気もする。その足りなさに、綴られていた言葉たちが、ひそかに気がついていたらしい。「幼い娘（十歳位？）の華苓は、ドアの鍵穴から祖父と客がアヘンを吸っている様子をのぞき見て、その香りを楽しんだ、……」と状景を想像して、阿片＝***opium***とともに時代の濁りを呼びだしていたのだった。

今月は馬の足音（……というより、足踏み、……）、その土埃《つちぼこり》、……。折口信夫の幼ない時のほとんど初めての歌に、馬の足掻きとして、〝たしだし〟という太古からの人の耳に宿ってきていたらしい古語が使われている。（もともとは、……というよりも、視覚と聴覚が襲ねられている語だったらしい）アメリカ、アイオワで、その〝たしだし〟を、キー・サウンドに長詩を綴り、音声化もし、そのときの記録ビデオをみて吃驚していた。稀代の音楽者灰野敬二氏と早稲田大学小野梓講堂の教壇の脇で、何を思ってか、この詩篇（「赤馬、静かに（*be quiet please*）アメリカ」『新潮』二〇〇五年一月号）の作者は、烈しく、地鳴りを起すように、教場の板を踏んでいる。茫然としたのは平静になってからの「作者」だった。膝の半月板を損傷したことのある右足を、そんなに烈しく足掻くとは、……。恩師エングル先生は若い頃、馬の足音を耳にしていた筈と、三十四、五年前の弱い心は、〝ぼんやりと〟考えて

いたらしい。『赤馬』は、気がつくとエングル先生への追悼の詩篇となっていた。遠く、〝ただし〟を、古きアメリカの心へのはなむけとしていたのだった。

# 46 基地がみえない

*Seoul* の酒家で、旧臘、高銀《コ・ウン》先生と朴菖熙先生とともに、（町角で貰ったお店の案内、そこに、こゝがと案内されるようにして入って行かれた高銀先生へのかすかな驚きもともに、……）こゝろたのしく、身体のどこともいえないところが熱くなってくるのを覚えていたときの、これは「写真」なのですが、「酒席の空気」に、別の空気を混ぜてみてはじめて、少し火のようだと感じた〝煖かさ〟がみえてきていました。*Seoul* のその酒店のカベの色なのか、両先生のお顔のあたりは輝くようなオレンジというより、赤に近い。

記憶の抽斗（ひきだし）を引きだそうとする、そのちから（力）を、シャッターを押すときに覚えることがある。このところ癖になっていてイタリア語で「抽斗（ひきだし）」を引くと、なんと「*cassetta* ㊚」＝カセットとは、……。ひとつの状景とこゝろに覚えた空気に、別の薄紙を翳《かざ》してみるようにして、その〝翳すこと〟の仕草にもひそむらしい透視の力をかりて、……もうひとつの空気の紗幕《しゃまく》をかけるようにしているので、これを「重ね写真」というようないゝ方はしないい方がよいのだと思う。

なんでだったのでしょう。一月二十二日（土曜日）、市ヶ谷アルカディアでの崔文衡先生による特別講演とシンポジウム「今、世界の中で日本外交はどうあるべきか？」を聞いた次の日、雪催いの夕暮に、古里の大基地横田にむかってわたくしは車を走らせていた。そのときのこゝろの闇、屈曲をも、こうして〝行く〟ことによってたしかめようとしていたこと、それも、どうやら、この「写真」にはあらわれて来ている。眼に（死んでもこの眼に残るのかも知れない、……）鉄柵、テッジョー網をもういちど眼に焼きつけるように、……その「こゝろの闇」のあるところに*Seoul*の、煖かい火の色と高銀先生の心遣いとを運んで行こうとしていたらしい。それはあるいは、約一時間のこれも何故だったのか判らなかった、京畿道安城市孔道邑馬井里大林東山（「住所」を綴っているときのこゝろの弾みで、理由の一つは判りました、……）の高銀先生宅（への往還）を辿りなおそうとしていたことであったのかも知れなかった。さて、横田基地。「鉄柵、テッジョー網」は、ほとんどの部分にモルタルの壁が張られていて、覗き込むことが出来なかった。瑞穂側の滑走路端近くに来て、ようやく、車中からシャッターをきっていました。「基地」が見えなくなってきていた。「僅かな隙間のフェンス」がこれ。そして、高銀先生のみえない心遣いも、こゝに。

*Seoul*の酒家の輝く炎と酒気は、下の床のオンドルからだと、掌は覚えていて、その煖

OB
이슬

かさが上ってきたオーラの色かと思ってみながら、次第に気がつく。食卓が大きく、やゝ低い。食卓が大きく、やゝ低い。小堀たちが、それで倖せそうな、こゝが、心の原っぱだった。

## 47 刹那の景色——アイルランド

これが果して、うつって、*film* に、ことに、その驚きのときの色調が残っているのかどうかと案じつゝ、*Ireland* 大西洋岸の古い、かつては漁夫たちの港町 *Galway* の宿で、わたくしのなかの別の心も刹那の景色が消えぬうちにと書きだしていた。EUジャパンフェスト日本委員会（……と、楠本亜紀さん）からアイルランドへ、「写真家」として派遣をされてほゞ十日、ダブリン、

コーク、ゴールウェイを過ぎ、わたくしの心中の目的地（*Drumcliffe Sligo*）、W・B・イェイツの古里である*Benbulben* 山塊の山懐にたどりつき、そういっても決して過言ではないでしょう、幽冥のところとときを過すことほゞ五日。『ケルトの薄明』『ヴィジョン』等を読み込んでいた。ことに後者は、イェイツの哲理の骨格をなす難書中の難書。わたくしも読みとおすのに二十年をかけていたのかも知れなかった。「月を沈黙《しじま》の友として」（イェイツ）とまではわたくしの沈思は到底深まりはしないけれども、〝精霊たちが現在に近づくと、すべてはかすむ〟（イェイツによる、ダンテ『地獄篇』の引用）その、微妙な土（つち）の香り、心の

はなの色、その枝の翳《かざ》しかたもこと（異）なるだろう、心細さの〝かすみ〟、〝かすれ〟、そう、少し〝さび〟の接木（つぎき）を、この「現在」に移し変えてみることは、「瞑想」がこれからはさぞ複雑になるだろうけれども、決して不可能なことではない。……と独り言ちながら、さらに再（また、……）臆病になって行くのだった。臆病（*nervous shyness*）なのがいゝ。心細さ（*helpless loneliness*）を、さらなる臆病を心の底に、それをもとめて、人（ひと）は、生命《いのち》の糸を日々、掌に、手繰っているのかも知れないね。こうして、〝……ね〟と粒焼くときを多々（さらにさらに）持つようにするとき、精霊の色が幽かにかすんで香ることもあるのではないのだろうか、……。桃色（香るような「赤」の匂い）を忘れているね、数千万年も、……と、粒焼きつゞけていたのかどうか。気がつくと、わたしはシャッターを切りはじめていた。そこがわたくしの「写真の眼」のあるところ。少しかすんだ、少し離れた、クルマのハコのどこかに、わたくしはいて、突然の衝突現場に、シャッターを切っていた。N17（*Sligo-Galway*）幹線道路が、海の香りの血の汐だ！〝海の香りの、……〟は、一、二秒で、その事故が、魚の大箱を運んでいた大型コンテナ車であることを知ってのことだった。ほとんど事故の渦中のいまの（血の色の）桃色の（かすんでいる）現在の〝精霊〟と、ある現在のかげ（ひとまず、そう、云います）だった。

# 48　愛蘭《アイルランド》の火点《ひとも》し頃《ころ》

どなたにも、〝あゝ、こゝが、この世の定宿だ、……〟と心中から吐息がこぼれる（普通は〝漏れる〟だが、……）のを感じさせる刹那があるのではないのだろうか。愛蘭《アイルランド》に二週間、EUジャパンフェスト日本委員会（と楠本亜紀さん、……）の大切なお仕事、しかも、初めての「写真家」としての稀らしい瞳の仕事の日々、元禄の旅人だったら、

**草臥《くたびれ》て宿かる比《ころ》や藤の花**

と詠んだのだろうか。いまも変らぬ古風な風情、アイルランドの端の港町（少し、イズの下田にも似て、……）*Cork* = ゲール語では *Corcaigh*、綴りをしばらくながめているだけで古人の口元が浮かんでくる、……そんな古宿、古駅の佇い、俤《おもかげ》を写真の *Ashley Hotel* に、何故か、特別の郷愁を覚えて、旅程を急遽変更し、*Lee* 河の *Cork* に立ち戻って来ていた。淀《よど》に似ているのか隅田《すみだ》に似ているのか、*Lee* 河は。ご覧いたゞけるでしょうか、左隅の日付

の二月も末のこと、小雪、氷雨が、*Lee* 河の白い腕に抱かれるように万物に等しく傾いて吹く。〝こゝは浅草六区みたい、……〟と知りもしないのに、その賑いの香りを覚えて、誰のことばともしらずに不図粒焼いたのは、確かに *Lee* 河の川風の仕業だった。ご覧下さい、街の角もホテルも傾いている！

愛蘭の火点し頃。この街の角の小ホテルのわたくしの部屋は、少し道に窓の張りだしたバルコニー風の部屋、六号室だった。窓の向岸（むこうぎし、……）には葬儀屋さん、……霧に濛々、……となら、漱石の倫敦の眼も浮かぶ筈、……。舗道に馬の火爪（ひずめ）の幻の音も響いて、日が暮れたら下りて行って、宿の *bar* の止り木で、*a pint of Guiness*、……のつもりで知らず知らずに数《かず》を数えている、これが〝過客〟の桃源郷であった。〝知らず知らずに数を数える、……それが音楽だ〟、とライプニッツならいうところ、瞳は、三々五々、夕暮の会葬者の数や花輪を数えるともなく、数えていたのかも知れなかった。この「無言の口の瞳に倣って」シャッターの火を切るようになるとき、写真家は生まれることだろう。

そしてご覧の *Ashley Hotel* の火点し頃の看板は、小津安二郎の映画のなかの火の眼でもある。（早稲田大学政治経済学部高橋世織教授から、小津映画の看板等の文字のほとんどが小津自身の手によると教えられて、……）小津映画の隠された火が、火の眼がわたくしにも深く感じられるようになってきていた。いかゞですか、火点し頃 *Ashley Hotel*、一九六四年、小津

HOTEL
ASHLEY
2005 2 23

最後の作『秋刀魚の味』あるいは『小早川家の秋』の大阪の夜景に、少し、かすれさせるようにして溶けこませせるのも、けっして不自然ではない。こうして、こゝろに色を、こゝろの瞳に色調を滲（にじ）ませよと、誰かゞ囁く。藤色？

# 49　アイルランドの紙の鏡

先月の *Ashley Hotel* の少し道に窓の張りだしたバルコニー風の小部屋、*Ashley Hotel* 六号室で、綴られていた文字たちが、少し遅れて（初めて手にした、デジタルビデオカメラ *Panasonic NV-GS400K* の静止画モードで試みに、メモのように、付録のようにして残っていて、少し遅れて、……）顕《た》ち現われて、その紙上に注がれていた、……瞳の、……紙背に徹するような光に驚いていた。左隅の下の地を、包帯か薄絹で包んで蔽い隠して安心していたらしいそのときの目が、隠した筈の下地の痕をむしろその方をこそ、はっきりとみていることへの、それは驚きであった。こんなところ、左下二行目「運転者」が、滲むように、はっきりとみえている、……に、眼を凝らしていると、古文書の、……そして古人の眼に宿っていたらしい〝見《み》せ消《け》ち（写本などで、もとの文字がみえるようにした消し方、……）〟をすることの倖せ感のようなものも、大昔からの羊皮紙に重ね書きされたパランプセストといわれるものも、これは半ば飛躍しすぎと承知の上で、ふと、フロイトの無意識を読む「夢の通道」の傍（かたわら）に立つ眼さえも、たちまちに、掻き消されるように、その火の眼を喪ってしまう気さえして、驚きが、消えない。

だが、しかし、しばらくさらに凝視のときをひきのばすようにしていると、*Ashley Hotel* の夕暮の *Cork* の街の川風の窓辺で、わたくしは、……というよりもそこにいた何者かが、その街の外の空気と色合いと光の混合を、この紙裏を（両面の？）鏡にして、朱色の罫（けい）の満寿屋の四〇〇字詰の原稿用紙を、ありうべからざる城山のようにか、一葉の巨きな壁のようにか、世界にむかって何かにむけて立て掛けようとしていていた、その者の仕草と姿が、はっきりと脳裡に蘇る。コンピュータには、こんなことが出来るのだろうか、……。色が、うっすらと、幽かに、紙上に再起できるようにと、編集と印刷の方々の技術と透視力を頼りにいたしますが、アイルランドの空気の外（そと）の、美しいピンクが、この紙裏の鏡には映っている。それは勿論、アイルランドを走りつゞけながら読んでいたイェイツの『ケルトの薄明』のウサギの骨の穴のところに幽かに残っているらしい、薄い血の色の空気であったのかも知れないし、あるいは又、二号まえの、魚類運搬トレーラー転覆事故現場のフィッシュ（*fish*＝古英語＝*fisc*＝アイルランドの昔、硬貨の模様も）の匂いの色の、これは化現（けげん）であったのでしょう。右端の吹きだし、中心の挿入線もピンク。こうして、とうとう、原稿（用紙）もフィルムだ、……といえるところにまで来たのかも知れなかった。

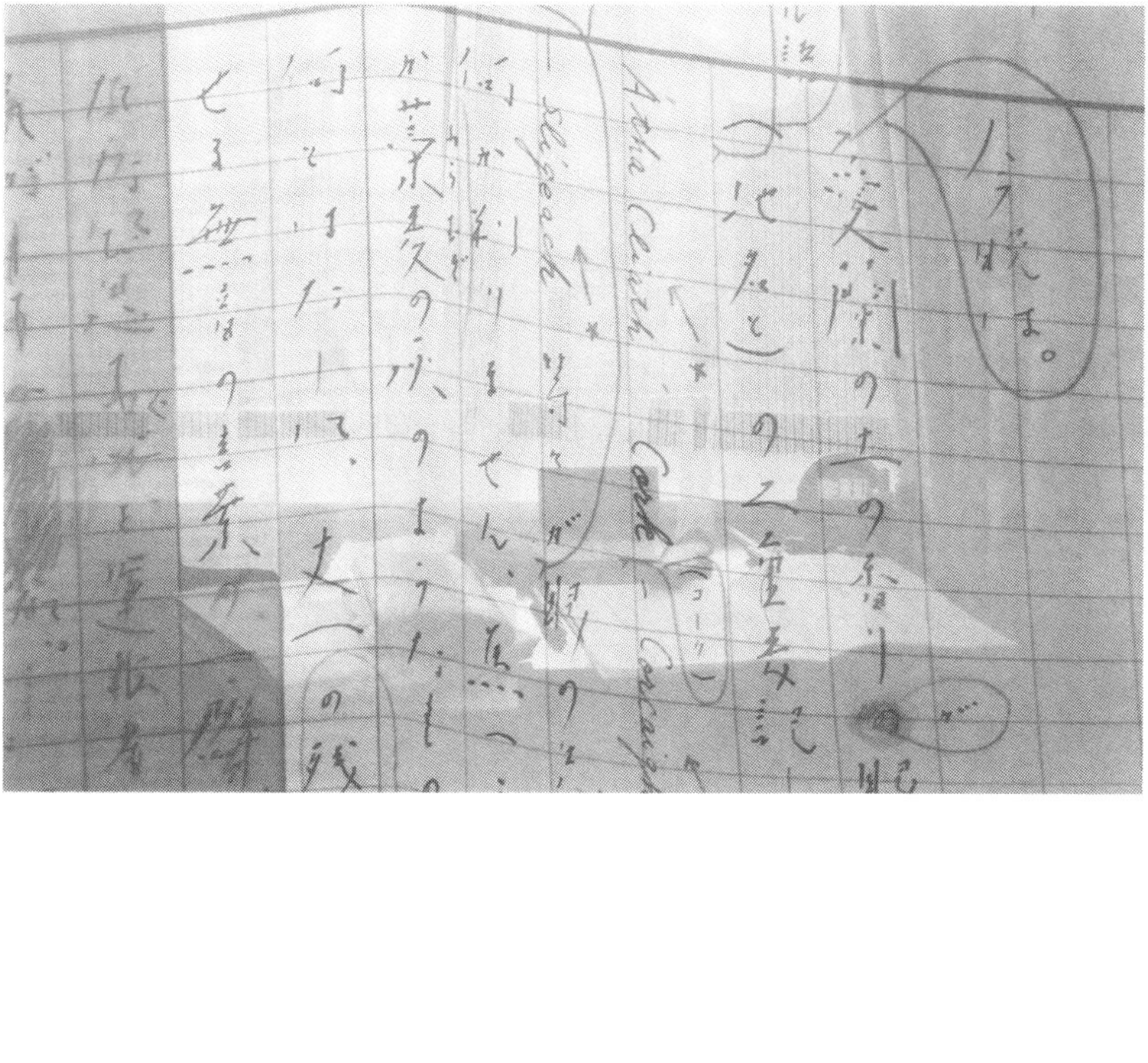

# 50　心配力——*Giulietta Masina*

『機』の先月号のこのページの薄さ（インクの？色の？）が、何かの兆（きざ）しか、前兆のようにも思われて、（編集担当の溝尻敬さんとともに、……）出来上った『機』（二〇〇五年五月号）を手にして、心配、……心にかかって思いわずらうことの、これも薄い、気層のようなものが、わたくしたちのムネにもひろがってきていて、別世界の渚の朝の潮の香に、身を漬たす、浸されるような気がしていた。こんなときには、心配を、逸《ソ》らせるようにして時折することですが、異国語ではどうだろうかと、伊太利語で「心配」、「気がかり」を引いてみた。すると「*preoccupazione* ㊛」という表示があらわれて、一瞬、『道』や『カビリアの夜』の、不安そうなジュリエッタ・マシーナの面影《おもかげ》が、柵を叩く音やお皿を摩《さす》る仕草をともなって、顕って来ていて、こうして「心配＝*preoccupazione* ㊛」の波の香りも、不図、居所（いどころ）を、見いだしていたのだった。

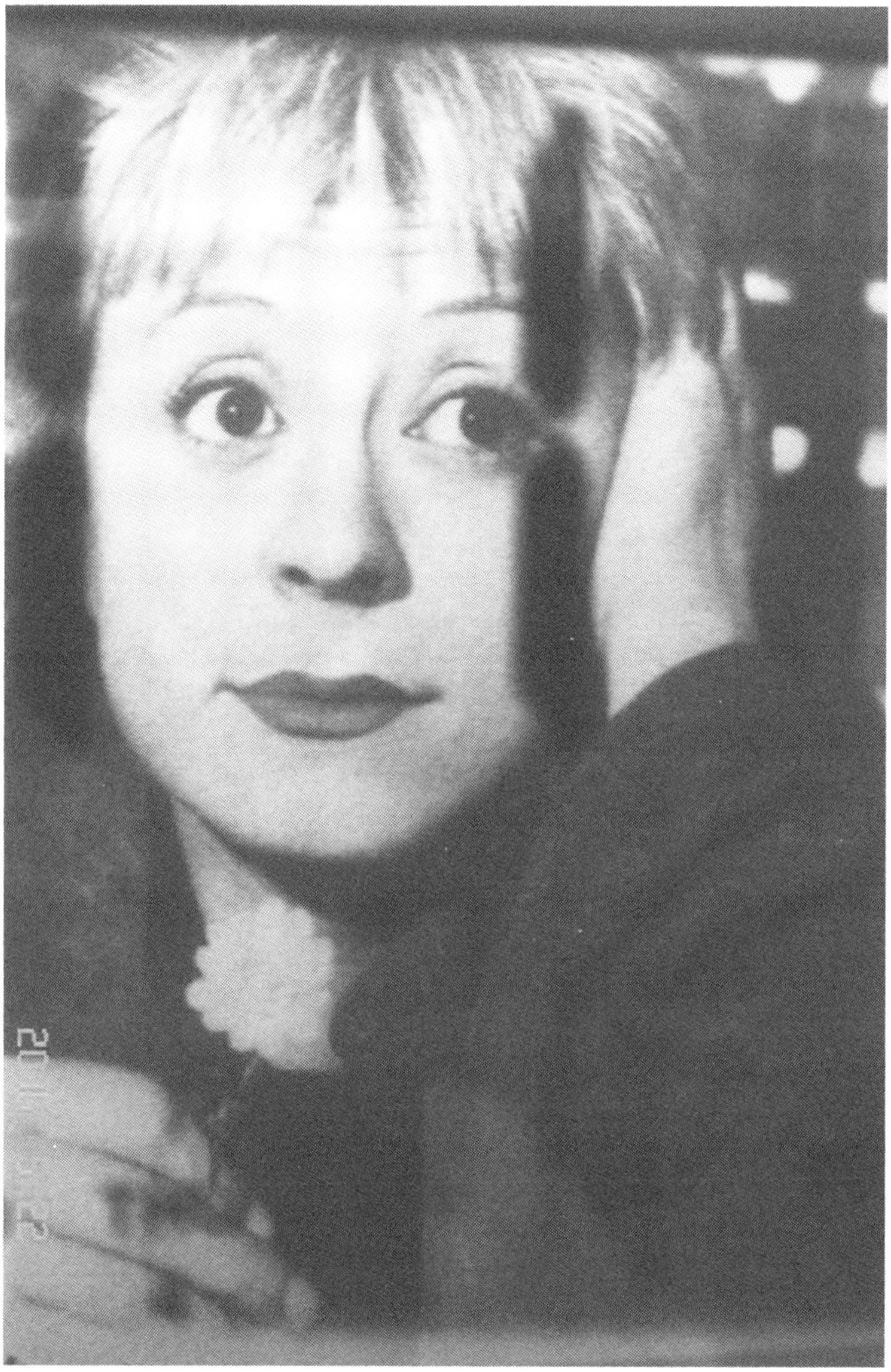

考えるともなく考えていると、わたくしたちが〝薄さ〟に対する感受性を弱めているのだということよりも、〝心配をする力〟を、どんなかたちによっているのか、どんな他の力によるのか、しかとは名指すことは出来ないものの、「心配力」、「心配をする大きな力」を、少しづつ喪（うし）ないつつあることに気がつく。その女の心の大きな影が、ジュリエッタ・マシーナの面影の傍（かたわ）らに現われてきたのは、ほぼ確実だと思いますが、いかがでしょう？

想像はさらにすすんで、ジュリエッタが「プレオキュパティオーネ *preoccupazione*」と、ゆっくりと小声で、少し俯きながら発語するシーンを想像しながら、そこから始まる映画の道を、わたくしは自然に、自（おのづ）から考えていたらしい。伊太利映画のもたらした恵みをも、わたくしもまた、わたくしの身体に再発掘をしているのかもしれなかったし、遠い地母神の声に耳を傾けていたのかもしれなかった。

（予定していた写真をすてて、……）大急ぎで彼女の瞳と瞳の回（まわ）りの空気を求める〝小さな旅〟にでた。『カビリアの夜』『道』を、DVDでさがしたが（二〇〇五年五月二十二日、日曜日、朝。*Jusco* 東雲（しののめ）の）十分程の〝小さな旅〟では、出逢うことは不可能かと思った瞬間に、ジュリエッタ・マシーナの〝潤んだ眼の手〟が、CD本にあらわれてきて、その刹那に、“*Thank you everybody*”と、イタリア訛りの彼女の声が、本のページ上に、あざやかに蘇っていた。

# 51　奇蹟《ミラーコロ》のたき祖母《ばあちゃん》よ

動物——あるいは植物たちも、微妙な立つ位置の官能をもっていて、あるときに、そこを〝そよそよと吹いていく少しだけ涼しい風〟に、そのかぜに道をあけるような、とても深い畏（おそ）れのようなものが隠されている、漲（みなぎ）っているのではないのだろうか、……その空気が感じられるようなときが、たしかにあって、……いや、もしも、あるいは、そうでないのだとしても、そう思うわたくしたちの傍（かたわ）らを、〝そよそよと通って少し涼しい風〟が吹いて行く、……そんな〝聞こえない足音〟に耳を澄ましている刹那がたしかにあって、昔から解釈のむつかしいとされていた、芭蕉さんの『おくのほそ道』のこんな句の〝足音〟を耳にする気がしていた、……。

**田一枚《たいちまい》植ゑて立ち去る柳かな**

（〝立ち去った、……〟のは、早乙女でも作者でもなくて、……）柳の精であっても、あるいは田の面（も）をわたる涼しい風であっても、よいではないか。そんな空気の仕草の自在さ、自由を教えて呉れたのが、フランスの哲学者ジル・ドゥルーズ＝*Gilles Deleuze* だった。われひとともに、こんなところに（ヴィエトナムか東南アジアの？）泥田が姿をあらわすのをみて、驚愕していたのだった。引用文中の〝植え付け〟の手業（てわざ）の優しさ、柔かさに、土（つち）と風を、そしてドゥルーズの類稀れな思考と心のはたらきをみて、わたくしは驚いていた。このカメラ、まるで一本足の怪獣（一本だゝら *or* 一ツ目小僧）か、不思議な、うごく木か森のようではないか。

〝（カメラの可動性、……）それはひとつの植えつけ方である。カメラを立った状態で地面に打ち込むことではなく、地面または地表からそう深くないところにすばやくそれを植えつけること、そしてそれを別の場所に移動させて再び植えつけること。米の技芸。つまりカメラは地面の上に突き刺さり、さらに遠くにジャンプして再び突き刺さる。いかなる根づきもなく、……〟

（ジル・ドゥルーズ『無人島』鈴木創士氏訳、河出書房新社刊）

是非ここをフランス語で読んでみたい。〝米の技芸〟とは、これは〝田植え〟ではないか。それにしても、どこからか、歌が聞こえてくる、柔かい地（ち）の歌が、……。

優れたT.V.番組の眼や木の植えつけ（接木《つぎき》）もまた、こうした境地に到達しつつあることを知った。昨年の秋から今年の春まで、カメラの眼と足は、しばらく奥熊野のお祖母（ば

あちゃん）方、四、五人のそれぞれがおひとり暮しの日々の庭に、しばらく、庭の隅に、巨木の下に、台所の戸のところに宿木《やどりぎ》するようにして、名古屋（NHK名古屋局）に戻ることがなかったらしい。ごらん下さい。九十五歳のたき祖母《ばあ》ちゃんが、〝澄んだ空気のそよぐ庭の脇ミチに、……〟別れの手を振りに出てこられた。T.V.番組（「大樹は語る」西川啓氏）が、こんな別れのお庭（大平たきさん今春三月二十六日ご逝去）を、橋を、〝植える〟ところにまで、その歩をすすめていたとは、ここまで来ていたとは、知らなかった。

# 52 ベケットの息遣《いきづか》い

考え込んでいるベケット。書いているときのベケット。おそらく、無意識に、しっかりと、紙に刻《きざ》み込むようにしているのだろう、手元をみるとはなしにみていると、指に加えられているらしい、劇作家サミュエル・ベケット（*Samuel Beckett 1906～1989*）の手指（てゆび）のちからが、雑誌の特集ページの扉に、宝貝を添えての再撮影なのだが、……、〝再撮影のとき〟と出逢って、……それがはっきりと感得させられ、印象に残る。〝印象に残る、……〟といいながら、書き手もまた、〝印象を造り出そう、……〟と、あるいは、〝印象が生まれてくるときの空気感のようなもの〟を、花の芯を嗅ぐような仕草で、身心の傍（かたわら）に添えようとしてもいたらしい、……。（夏休み。お盆休みで『機』も一ヶ月のお休み。その「時」もまた、ここ＝この紙上に顕って来ていたのかも知れなかった、……）ベケットの肖像の傍（かたわら）に、そっと、宝貝を添えて、……というよりも〝ハナを活（い）けるように〃して添えていた、……そうしておいて、しばらく、泡（ほー）と、疱（ほー）と、何処とも知れぬ何処かを休むように仕向けていたのかも知れなかった。そこを、面白い、何者かが通って行ったらしい、……。何だったのだろう、浮かんで来たままに書き留めてしまうと、それは、息継《いきつ》ぎのない息《いき》、息継《いきつ》ぎのない呼吸《こきふ》だった、……。

八戸を本拠として刮目すべき演劇運動を持続している *Moleculer Theatre*（主宰、豊島重之氏）が、「ベケット東京サミット」という催しを計画し、〈ベケットより出でて、ベケットに出でよ〉というコロックがあり、鵜飼哲、宇野邦一、港千尋、近藤耕人氏とともに参加をしていた（2005.7.14〜18 於国際交流基金フォーラム）。名高い『ゴドーを待ちながら』（*Waiting for Godot, 1954*）をさえ観たことのない門外漢でわたくしはあったのだが、一目みた晩年のテクストの〃恐るべき（……と直観された）象形の息遣い〃、……たとえば *On. Say on. Be said on. Somehow on. Till nohow on. Said nohow on.* ではじまり *Nohow less. Nohow worse. Nohow naught. Nohow on. / Said nouhow on.* で終るベケット最後の作『*Worstward Ho*』における、*O*、*On*、*No*、がもたらす、さあ、どういおう、頭蓋の骨の間（あいだ）の呼吸《こきふ》、——に、この機会にふれてみようと思い切って参加をしていた。夏のお休みに茫（ぼー）とあらわれたこの宝貝も、*Ho* か *Bo* か *O* の化身とその呼吸（こきふ）、……。それを添えた仕草は、誰のだかもう、判らない。はじめは、刊行されたばかりの上下二巻の大冊『ベケット伝』（白水社、ともに九八〇〇円）の次の個所に、吃驚し、驚喜し、この〃吐く息〃キーツ＝ベケッ

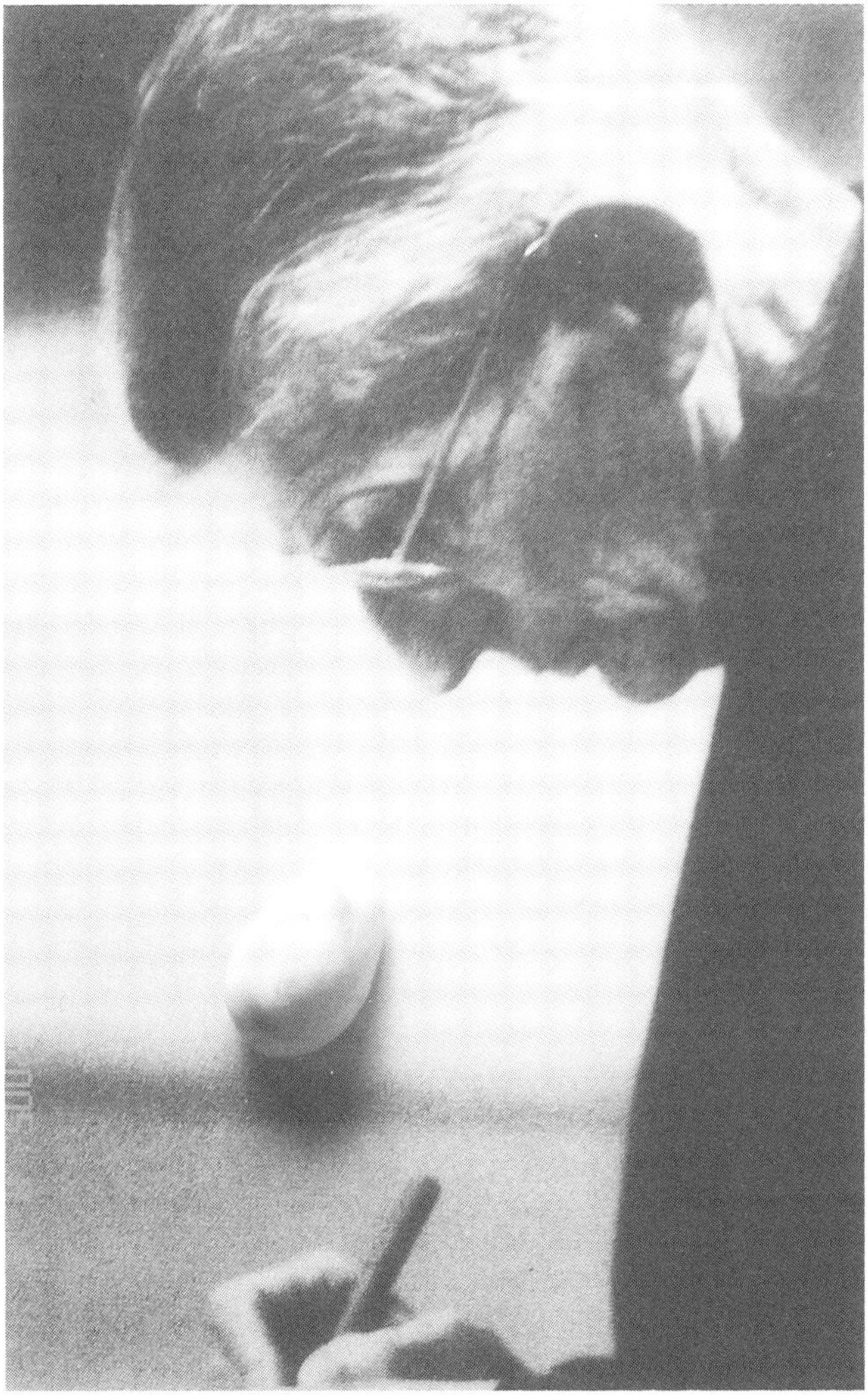

トや、よし、……と綴りはじめて、不図、気づく。濃《こ》いこの夏も、うずくまって考え込むかのようだ。

（好きなのは）キーツの、うずくまって考え込むようなところだ。コケの上にしゃがみ、花びらを押しつぶし、唇をなめ、両手をこすりあわせながら「最後のしたたりを何時間も数えている」。ぼくは誰よりもキーツが好きだ、彼はこぶしでテーブルの上を叩いたりしないからね。あの崇高なまでの甘美さと、しっとりとしたなめらかな濃い緑の豊かさがいいね。それに倦怠も。「寂として息を大気に吐き」。

したたりを何時間も数えている、……この夏の誰か、……。

# 53　キーツの唇《くちびる》

『機』前号のベケットの引用文中「（好きなのは、キーツが）花びらを押しつぶし、唇をなめ、両手をこすりあわせながら『最後のしたたりを何時間も数えている』……」（編集部溝尻敬氏が急いで原書を入手してくれた、波線引用者）ベケットの原文はこうだ、*crushing a petal, licking his lips and rubbing his hands, 'counting the last oozings, hours by hours'.*、……ベケットを通してつたえられてくるキーツの仕種《しぐさ》（……では当らない、……）、身体の奥底の呼吸（こきふ）のようなもの。舌嘗《なめず》り、拳《こぶし》感、……「拳《こぶし》感」などという言葉はないのだけれども、握《にぎ》り、……等々が、とても気になっていたらしい。しかし……、こうして、ベケットの眼の芯の渦（うず、……）みたいなものが、原文に接して一瞬にして、顕ちあらわれるとは！　ベケットは自らの作品宇宙のキー・ワード“*OOZE*（泥、へどろ、沼、湿地、――近藤耕人氏示唆）”をキーツに認めている。おそらく、無意識に。それにしてもしかし、キーツの“*the last oozings, hours by hours*〟は、凄い。怖るべきものといおうか、これが普通なのだといおうか、この〝舌嘗りの時〟が、こちらにも確実につたわってくるものらしい。岩波文庫表紙（赤265-2）の五センチ角ほどの、小さなキーツ肖像写真のキーツの右の拳《こぶし》に、例のハナビラダカラ貝をにして差し入れてみて、キーツの濡れた紅（べに……）色の口唇に気がつくとともに、左の手の指の怪しい色調？音調にも気がついている。

（気がつくことの、……）こんな倖せは、一時代前には決してなかったことだ。燃える心が、原書をさがして、すぐにそのページに触れるということ。デジカメの眼もすぐ傍（そば……）でそれをみていて、キーツの僅かな僅かな上目遣いにもまた気がつくということ。読書の歓びが、あるいは、非常に深い思考と想像力の林（はやし、……）の小径を辿りつつあって、その歓びのひとつをわたくしは語りつつあるのかも知れなかった。著者のおひとりから『変成する思考――グローバル・ファシズムに抗して』（岩波書店、二〇〇五年八月刊）を贈られて一心に読んでいて、次の小森陽一氏の発語に我知らずに驚いていた。

　私が今頭に描いたのは夏目漱石ですが、自然科学の領域はたしかに進化論的な発展史観、発達方式で行くだろうが文学など文化は違う、と漱石は言います。発展したり、発達したりしない。漢文は二〇〇〇年前から真実を言っている。もし文化自体が、あるいは Humanität と文化の統合体が、進化論的に発展するのだったら、アジアの猿は完全にイギリス風にならなければいけない。でも自分の好みとしては絶対イギリス風

2005 9 26

にはなれない……

小森陽一氏の深い読みの奥の林から、垣根の穴に這入って来たのは、アジアの猿にかわって、あの猫（『*I am a cat*』『吾輩は猫である』）だと、わたくしは、一瞬にして、その気配と空気に、空気の通り路に気づいて驚いていた。

# 54　注意深く目をそらすこと

『機』前号「キーツの唇（くちびる）」に〝……鎌倉の浜辺に打ち上る口紅貝《くちべにがい》の色を私は添えてみました〟の一行でとじられる、美しい葉書が戻ってきて、なんででしょう、〝添えて、……〟が、隠れた仕種のキーなのか、それが夜の景色、夜の貝のことばのように感じられ、……しばらくぼーっと考えていました。昔、「貝合《かいあわ》せ」という王朝の遊戯があって、その面白さが少しも判らなかったのだけれども、その〝判らなさの／謎〟の一端がこうしてあらわれて来て、それが夜の貝の濡れた色の光をともなって、次々に、……考えを遊ばせて、不図、身近かの空気とものの声の知らせにも気がつく。わたくしのアパートは佃（つくだ）、月島にあって、高層ビルが建ち、並び、すっかり景色はもう変っているのに、少し心の眼をそらすようにしてみると、小舟が遊んでいて、夜の櫂《かい》の音がする。ディッケンズやキーツやベケットが、その耳の入江の葦はらのようなところで聞いていた、〝OOZE

［ú:z］＝（どろ沼、ぴちゃぴちゃ、漏れ出し）〟の響きも、英語の芯のような感じもこうして月島、佃にはこばれて来て、夜の色を僅かに変えているのです、……と〝春はあけぼの〟の清少納言か、〝うらうらに〟の大伴家持に、ホーコクをしている気持になるのも、ごく自然になって来たのではないのでしょうか。

あるいはこれは、小学校二年生か三年生から英語を教えはじめることになるというNewsをみていて、……不図きいた、未来の子等の口唇の波形（波音）だったのでしょうか。

お詫びを。

今月は、ある経験の思い掛けない深みをのぞこうとして、口籠っています。前頁の後ろから二行目の傍点を振ったところは、『環』23号二十八頁の故イバン・イリイチ氏から。

〝注意深く目をそらすこと〟

この稀有の哲人のすぐ近くにいて、その醸しだす空気（肖像写真を通じて、その気力のようなものは、十二分につたわっているのだが、……）とその言葉とを聞きたかった。イバン・イリイチ氏は、こゝフィレンツェで学び、深い言葉を話した筈です。日本で新刊の『生きる意味』（藤原書店）で、記憶と想起することとの決定的な違いをプラトン＝ソクラテスを通じて教えられていた。その口調（トーン）の奇蹟的な柔かさ、深さ。イリイチの声の深さに耳を傾けることこそ、いま、わたくしたちには必要なのではないでしょうか、……と二〇〇五年十月二十一日のフィレンツェでの詩の集いで、わたくしは、会場と聴衆に語り掛けていた。

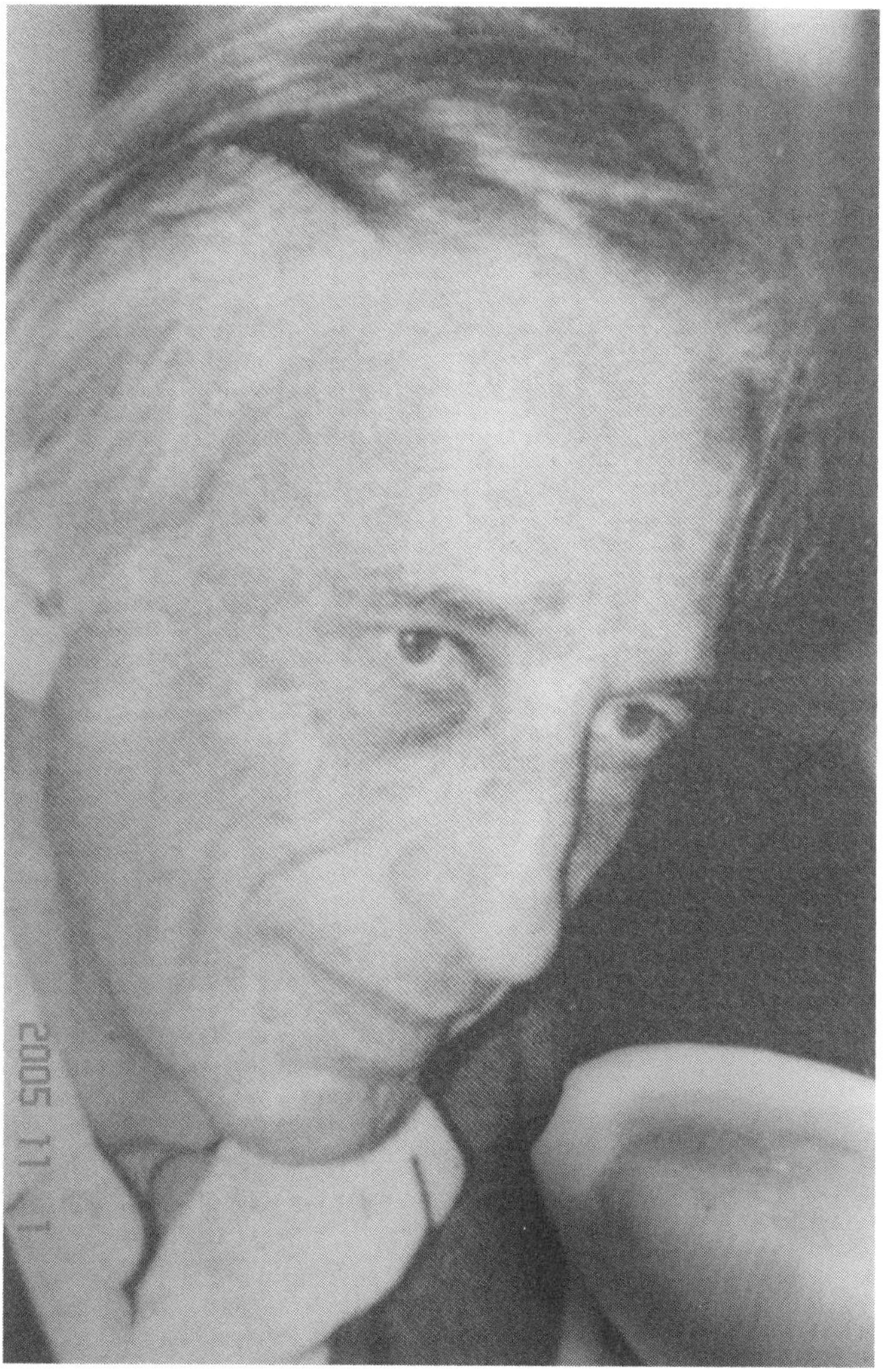
2005 11 1

# 55　グラス二つが心に沁む

ほとんど、おそらく、遊びのように（並べたり、揃えたり、縢（かゞ）ったり、捩（ねじ）ったり）、……なにげない仕草や作業をしているときに、むこうの方からも、あるいは手先近くからも、これまた、ほとんど遊びのように（首を傾（かたむ）けたり、斜（なゝ）めに歩をふんだり、不図（ふと）佇んだり、空を仰（あお）いだり）、……幾千もの道（「九十九折り」も「日照る道」も）が、這入りこんで、来ているらしい。

宝貝を、一つ、二つ、……と添えてみて、水音や潮の香りが聞こえてきていたのも、さらにふかき遠い道のなせる仕業《しわざ》であったのかも知れなかった。そういえば、こうして原稿用紙の框《わく》のなかに字を埋めて行くのも、羽生善治さんが〝角行〟や〝香車〟を、第三か第四の手で、不図（ふと）うごかそうとするのも、芭蕉さんが伊吹の山中で、これも不図（ふと）〝猿も小蓑《こみの》を〟とみたときの〝小《こ》〟も、〝も〟も、また、幾千もの道（「杣（そま）道」「獣道」「畔（あぜ）道」「海の中径」）と交叉、……交叉《こうさ》というよりも重《かさ》なり、躙（にじ）りよりに、近いものでもあったのだろう。

*Jonas Mekas* さん、（リトアニア生れで十代のときナチス・ドイツに追われて紐育へ。リトアニア語の響きで聞くと、ヨーナス・ミャーカスさん）のお貌（かほ、……）に、ベケット、キーツ、イリイチさんとおなじように、宝貝（ハイイロダカラガイ、キイロダカラガイ）を、顔写真に添えてみたのだが、どうしてだろう、うまく、襲（かさな、……）らない。次号では、小津安二郎さん／宝貝を、……。宝貝の、息《いき》があらわれるだろうか。〝海市／蜃気楼〟が、現われるのだろうか、……。

今月の像は、その *Jonas Mekas* さんの映画の齣を、二、三齣紙上に焼き直したもの（写真集「*Just like a shadow*」）の二齣——どうですか、右左の齣の穴が、小さなスクリーン（別世界）にみえて、音楽が聞こえて来ませんか、……。このページに、聞こえない見えない、小声の字幕のように、*Mekas* さんは〝(*As I was moving ahead occasionally I saw brief glimpses of beauty*)〟と、言葉を添えていた。*Andy Warhol* や *Mekas* さんの二齣、三齣、……それ以上は、並《なら》んでいると眼は刹那に、その差（ちがい）を求めてうごくのだと教えられて、その眼を、わたくしも少し生きて来ていたので、左は赤ワインか、右は水か、……の、この齣のやゝ、朧（おぼ）ろな像の変化が心に沁みた。小津さんにもこんな「写真集」があると、佳い。〝出して下さいませんか〟、——これは誰の声だろう。*Mekas* さんは、この秋、お忍びで、東

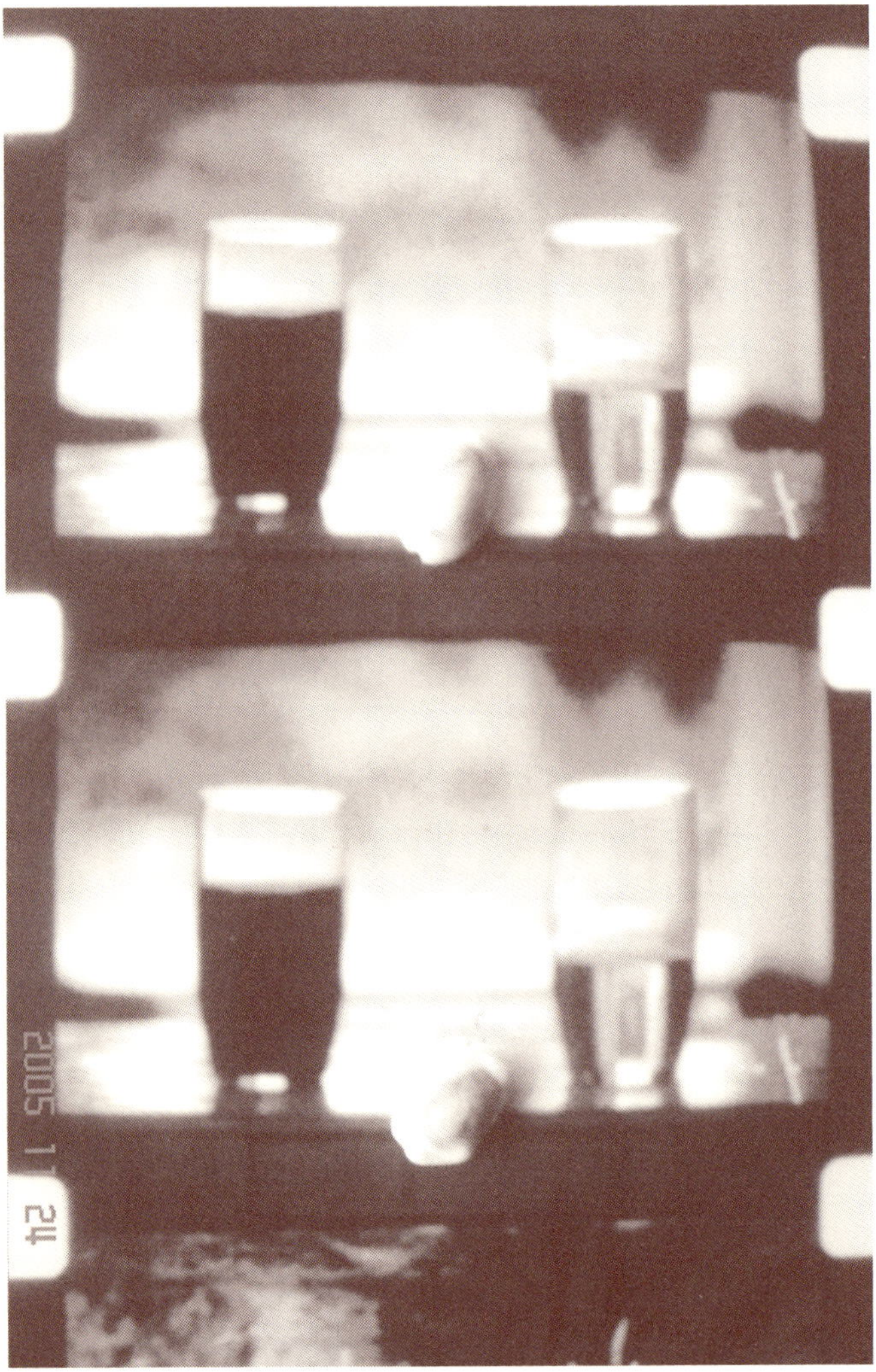

京（湯島、……）にほゞ五十日を過されていて、わたくしは、たまたま（玉？玉？）酒席をともにして、リトアニア語で歌う、この稀有の人の傍に居た。なんだろう、*glass*一つが、心にしみる。

# 56 トーノ（遠野）

なんの徴（きざし、……）が、目裏に残ってものをいっているのだろう。幾度も幾度も、トーノ（遠野）に戻って行っては、宿やホテルに、立て籠っている。民宿の曲り家や駅のホテルに。一昨年の暮には、書架から、そうか心が、どうやら、書物に、旅をさせようとしている。小型の、古い、奇蹟的な写真と文、……（朝日ソノラマ）森山大道『遠野物語』を携えて、ぼんやりとトーノ（遠野）に籠っていたのは、おそらく「書物」誕生の地に、寄り添うようにして居たい、きっと、そこでそのときにだけ、生じたのであろう特別の時を、それが他者の想いであるのに、それを回想する、その心の働き、その働きの手足や指（ゆび）、それが象（かたど）ろうとしていた力（ちから）であったのでもあろうか。わたくしは、闇雲に、二重、三重襲ねの写真を、撮るのだけれども、書きつゝわかってくるのだが、わたくしのなかには、森山大道『遠野物語』誕生の秘密を、その空気や産声（うぶごえ）をコピーしようとする心がたしかにあって、〝書物にも旅を、……〟などと綺麗事をいゝながら、じつは幾重にも折り重なった、色、筋、……古い心の繊維の層（ゾーン）が、そこには働いているのであって、抜き足差し足、音のしないように、自らの、……ではありながらも、太古からイチ（異地）の、心の繊維のそこ、そのゾーンにぬすみに入ろうとしていたのかも知れなかった。心なし、手がふるえるようで、盗みとは、綴れなかった。

トーは、古くは、アイヌ語の湖である。トーノ（遠野）の静けさには、トーの、冷たいふかさやゆれやフネのかげが、漂っている。この冬は、二度も三度も、トーノ（遠野）に行った。行ったというよりも居たというべきか。座敷童子《ざしきわらし》の変なののように。どうしてだろう、銘菓明がらすを友人知人にくばる（配る？　届ける？）ようにして送りだす。トーノ（遠野）にいて、心は底のほうで、鬼市《おにいち》、黙市《もくいち》＝ *silent trade* の花茣蓙《ござ》を、敷きのべようとしていたのかも知れなかった、……。きっと少し、当っているな、……。すると、北秋田出身の秀れた詩人吉田文憲さんから、返書がやってきた。

〝吉増剛造様　遠野からのお便り、「明がらす」、ありがとうございました。／うれしかったです。／遠野はアイヌ語のト・オ・ヌ（湖）に発する地名だと言われていますが、これはト・ワ・ダ（十和田）とも関係があるのでしょうか。……〟

やあ。珠玉の十（トー）が、揺れだした。遠野の「千葉の曲り家」で、桂（かつら）に、さくらと松の宿り木（やどりき）、そしてその綴り字に、驚嘆した心も、湖の目であった。

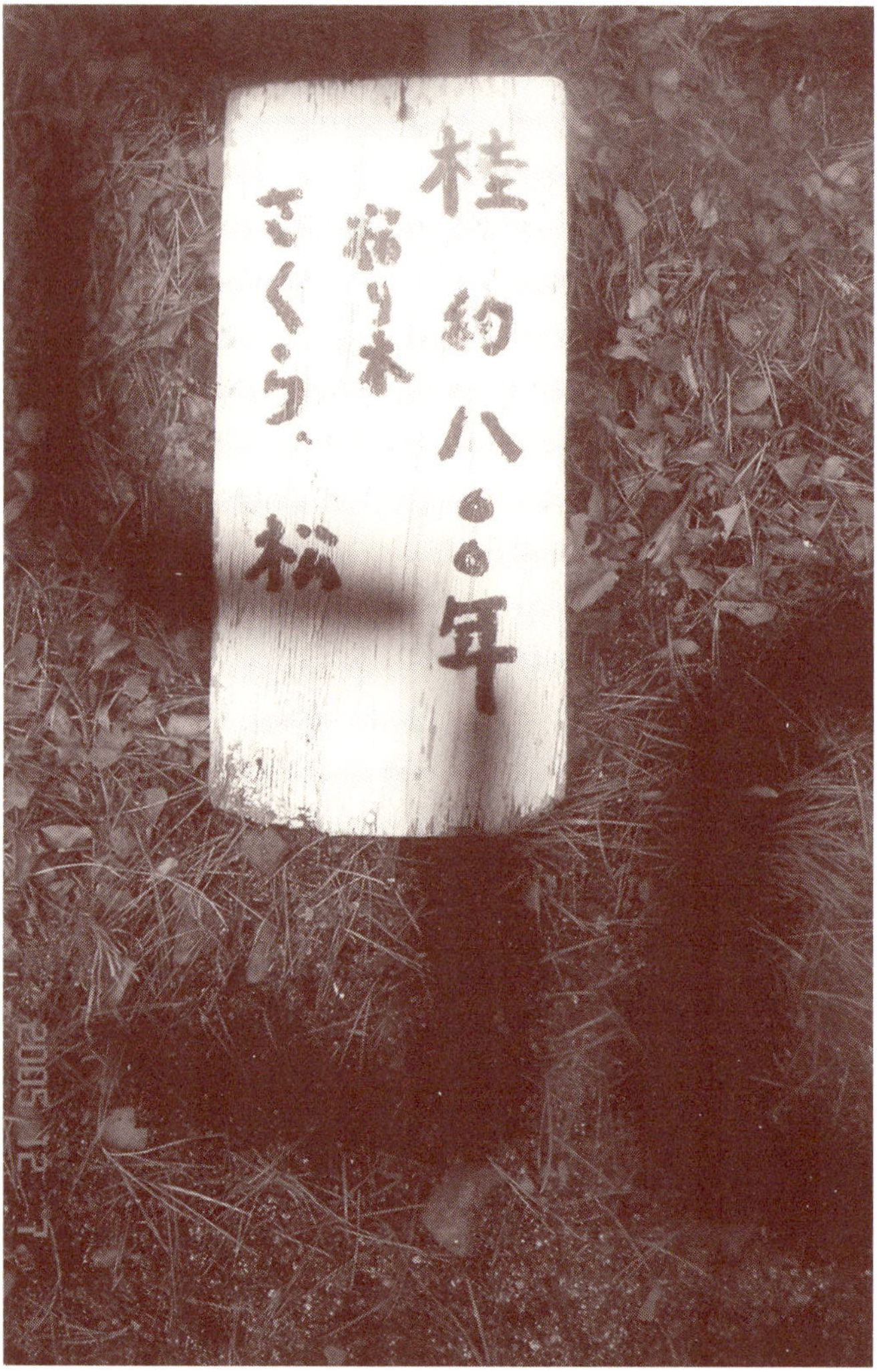
桂 約八〇〇年
さくら、
桜

57

# 山人《やまびと》の親友《とも》

気がつくと山中に居る、……。かつての山人《やまびと》や近代の登山家の心底の〝大地に寝たい（大島亮吉氏、吉田武紀氏による）〟という希いと、何処かで通いあっているのか、それとも、もっと深い、それとは自らも気が付くことのない、別の心根に、その希いの巣穴はあるのか。そうだ、カフカの短篇に、蝶々を追って行って、岩から落ちて死んだのだという、狩人（グラフス、……）のあの岩が、カフカの心底の山でもあって、……と、ここまで綴って、不図、再（また）、別のことにも気が付いて、いささか慄然としていた。慄然（りつぜん、……）は、大袈裟だけれども、……。

始まりの七行程の文中に、〝希い〟が二度も使われている、……。この〝希い（ねがい、……）〟は、フランツ・カフカの翻訳からの盗みであって、もともとは、ここが微妙なところなのだけれども、わたくしのは、〝希い〟ではなかった。（次号までに、編集担当の溝尻敬氏に〝希み〟の原文のドイツ語をさがして下さるようにおねがいをして、一緒に考えてみたい、……）カフカの〝インディアンになりたい希い〟あるいは〝インディアンになりたい希み（のぞみ、……）〟を、わたくしの心は、それを丸ごと丸齧りをするように、……盗んで、呑み込んでしまっていたのかも知れなかった。もしもそうだとするならば、盗みの足音、仕草、その筋道をも、詳細に考えてみなければならない。あるいはこれは『機』前号で、花莫蓙《ござ》の臭いと香りのようなものを覚えて綴っていた〝トーノ（遠野）にいて、心は底のほうで、鬼市《おにいち》、黙市《もくいち》＝*silent trade*の花莫蓙《ござ》を、敷きのべようとしていたのかも、……〟、盗人の、この足音は、〝黙市《もくいち》＝*silent trade*〟にも通じているミチであったかも知れなかった、……。

すこし、どきどきしながら〝盗む〟の項目を辞書でみると、〝音曲で、詞章の中のある文字を発音しないでうたう〟ともある。たとえば、無常（むじょう、……）のむを、*silent*に、〝……じやう〟の、と呑みこむ、盗む。このミニ黙市《もくいち》の口中の庭もまた、……スバラシイ。

トーノ（遠野）にいて、念願の柳田國男論への入口を書き了えて、亡き親友（とも、……）、見事な山男だった吉田武紀（よしだたけのり。一九四一〜九八）の感化が、いかに巨（おお）きかったかを、わたくしは知った。夢のなかに、彼の瞳（ひとみ、……）が五色に浮かんで語りかけた。

〝一人で富士川の上流の南アルプス側の山へ入りました。人の姿は無く、半日雪の中を歩きましたが、やはり静かというよりも不気味でした。ところが、大木の祠に祭っ

てある山の神は五人で、その色も五色でした。珍しく思い、写真に撮りましたので、お送りします〟（一九九三年二月一五日付書簡）

しみじみと、親友《とも》の瞳を覗き込み、いまは亡き彼の瞳に我が瞳を並べるようにして、小さな小さな五色の神が居る、巨木の切株に瞳を据える。と、五色が、蝶か花茣蓙《はなござ》に。そうして、長身痩軀だった吉田の頭（こうべ、……）が、少し低くなって行くのがみえた。

# 58 非常に大きな河が大地の下を流れている
## ——レオナルド・ダ・ヴィンチ

思いがけない、眼の、……怖ろしい戸臍（とほぞ、……）に、出逢って、ソノ眼に見据えられ、しばらく、心を奪われていた、……。御覧の今月の宝貝の親友《とも》は、レオナルド・ダ・ヴィンチ（一四五二〜一五一九。紙に赤チョーク、三十センチ〜二十センチ程のデッサンは、一五一三年ごろといわれる。六十一、二歳頃カ）。心が覚えたらしい、震えと怖れを、いま、わたくしのなかに巣くう言葉たちでは、詳細に名指すことが出来ない。しかし、……。そうか、炎か火群（ほむら、……）と水勢と、……（小さな驚異を敢えて言葉にしてみると、……）〝あっ、獣性！〟という、誰のとも知れぬ、声のかさなり、……そして、芯（しん、……）にある怖れと震えによる、沈黙の到来、……が、おそらく、芯（名指すことの出来ないもの）にあたるのだろう、……。

どこかで、何か見覚えがある、優しい獣の毛並み、淵や水辺でたつ細波《さざ》、〝引き裂かれた、……〝いや、もう、レオナルド・ダ・ヴィンチの手記を、引用する、……。

　暗い陰うつな空が、あられまじりの絶え間ない雨を含んだぶつかり合う風のすさまじい奔流で、引き裂かれるさまを見せてやろう。数知れない葉の群れが、引き裂かれた樹の幹といっしょになって、大きな網目のように空に舞い上がるのを見せてやろう。周りでは、茂る老木の数々が狂った風によって根こそぎにされ、こなごなにくだけるのを見せてやろう。どっと押し寄せた濁流によって、すでに丸裸にされた山々の断片が、まっさかさまに、その奔流の中になだれ落ち、谷を切り裂き、押えつけられていた河川が洪水となってふくれ上がり、広い平野やその住人たちの上におおいかぶさるさまを、君は見せなくてはならない。さらに、多くの山の頂には、子供連れの男女といっしょに、ひとかたまりになったさまざまな動物が、恐怖のあまりおとなしくなってしまったさまが見られるかもしれない。……風は大暴風となって水を翻弄しつづけ、溺死人と水とをごっちゃにひっくりかえしていた……

（レオナルド「大洪水の手記」東野芳明氏著「新潮美術文庫4」より　傍点引用者）

たゞ、もう、この視力全力のレオナルドの、すさまじい、手記、メモを、読んでいるときのこちらの心に、紙魚（しみ、……）を添はせるか、打ちつけるしかなくて、傍点を、レオナルドの語勢に振っていた。考えてみると、ベケットに、キーツに、イリイチ氏に宝貝を添えていたのも、こちらの読む瞳の底の底《シタ》の、水紋の淡（あはい、……）の紙魚《シミ》のよ

うなものであったのかも知れなかった。

それにしてもすさまじい景色である。レオナルドの口元に何か見覚えがあるのに気が付くと、モナ・リザの噤（つぐ、……）んだ口元だ、……と、咄嗟に、レオナルドの怖ろしい炎の右の血走った瞳《メ》が物を云う、……。

稀代の画家加納光於氏の新作展、《充ちよ、地の髭》（ギャルリー東京ユマニテ'06三月六日~二十五日）に捧げる詩篇を綴りつゝ、レオナルドの怖るべき眼差しに、こうして出逢っていた。書肆に走り、初めて『レオナルド・ダ・ヴィンチの手記』を開く。と、ページに、眼を射るように、標題の一行があった。

〝**非常に、……**〟、明らかに、こゝに、レオナルドの聞こえない声が、行き来（ゆきゝ、……）している。

# 59　墨《スミ》(*Chinese ink*)の香り

〝非常に大きな河が大地の下を流れている（レオナルド・ダ・ヴィンチ）〟のイタリア語の印刷されているページの白さの空気、……の角（かど、……）にフトひかる（メ）のようなものが判ったら教えてほしいのですが、……と、*Firenze*の若き親友《とも》に、手紙を〝遣る（やる、……）〟ということをして、しばらく、返事を待っていた、……。待つということはおもしろい。心はしぜんに、かって待っていたときの、さまざまな道の、生涯の色の香りの匂いを思い出している。〝生涯の色の香りの匂い、……〟なんて、変ないゝ方だけどさ。しばらくそこに坐っていたことがあった、石狩川の河口で、冬期に石狩川は凍結し、ユキがつもり、〝大河が隠れてしまった、……〟その姿を（隠れかたを?）目にしたときの、我が目を擦っていた指の先が、レオナルドの一行〝非常に大きな河が大地の下を流れている〟に隣り合っていて、その指先が、レオナルドの目の奥の川波の皺（しは、……）を、目はそっと剝ぐように、縫うように、隠れた仕草を繰り返していたのではなかったのだろうか。そうするとこんなふうに考えることも可能だ……。〝隠れた仕草の手〟をわたくしたちもまた、日々、刻々に、その仕草の手の爪先の色を、明るみにだして行くことも出来ないことではないのであって、「レオナルド・ダ・ヴィンチの手記」を読みながら、画家のようなものになろうとしているというよりも、その〝隠れた仕草の手の働き〟を、無限（〝……を超えて限りないものを追求する〟――レオナルド）の庭に、引きだそうとしているのだとも。

　レオナルドのイタリア語の闘うような強い呼吸……、は、*Firenze* から、まだ、送られてきてはいない。次には、もう、フト開いたページの〝非常に朦朧たるものとごく気持ちのいい影をもったものとが併存するようにしなくてはならぬ〟（『レオナルド・ダ・ヴィンチの手記』上巻二四八頁、岩波文庫）、という声に耳をかたむけようとしているもうひとつの耳の存在にも気がつく。〝**非常に……**〟こゝでも、レオナルドは、そう切りだしていた。（次号『機』は、おそらく、*Firenze* から送ります、……）。

（今月も、もう、締切りを過ぎてしまって、スタッフにお詫びを、……）。いまは、喪われようとしている〝編む〟〝縫う〟という色々の仕草のときの香りを惜しんで、その惜しむ心がさせているのかも知れなかった、……T.V.画面に、硝子板を翳して、柳田國男さんの手の跡、墨跡を撮っていると、えも言はれぬ、墨《スミ》の香り、*Chinese ink* の香りが、漂いはじめていたのだった。

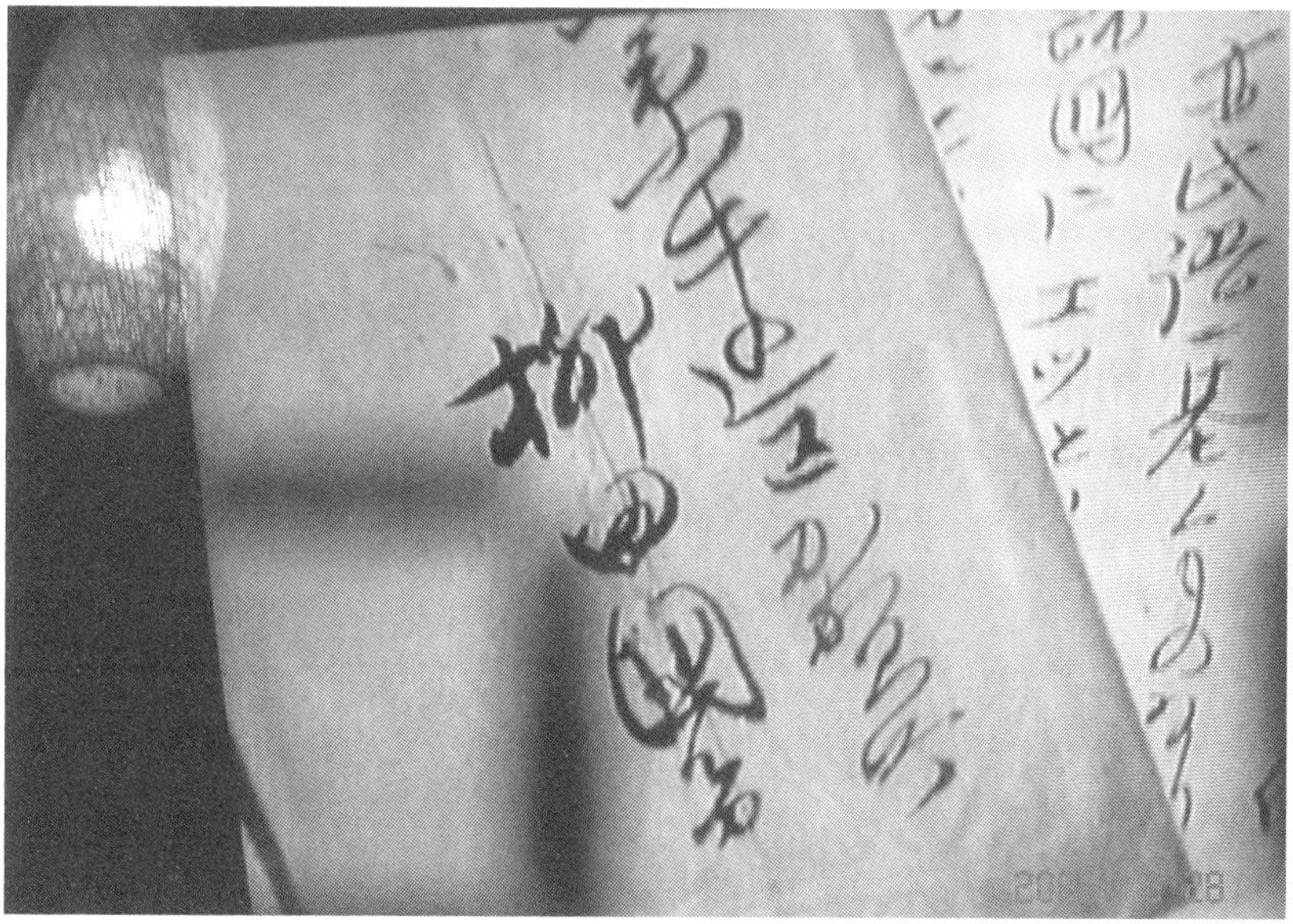

# 60 マルコ(*Marco Mazzi*)の書斎

このページが、一年前に、愛蘭土のコークの宿（佳宿＝*Ashley Hotel*）を過（よ）ぎるときにも、蕉翁の〝草臥て宿かるころや藤の花〟の匂いのひかりか、花明りが、仄（ほ）としていた。薄いムラサキ色なのだろうか、葛《かづら》、蔓草《つるくさ》の絡み合った茎や葉を想いえがいていると、ハナの仕草が蕾《つぼみ》に移って、花の芽《め》ぐみに、戻ってでも行くのか、土《つち》の火や小さな燭台（カンテラ *Kandelaer*）か、少し古びた自轉車の豆ランプを、ふと点《とも》す、前屈みに伸された、若者の二の腕の白さが目に写り、その目のひかりもまた、届けられるかと思われていました、……。何処からか、夕方の鐘の音も、聞こえて来ていた、……。

先々月のレオナルドの眼光と噤んだ口元のあたりから、このページも、少し迷路に這入りこんだ、……と、この欄の語り手は、欄干《らんかん》に凭《もた》れて粒焼いているように、（鐘の音も混って）聞こえてくるのだけれども、迷路（*labirin-to*）の夢中の欄干の手ざわりにも、耳なし芳一

Fausto Pirandello
IL FUTURISMO ATTRAVERSO LA TOSCANA
ucio Fontana
吉増剛造
朝の手紙
現代詩手帖
Gozo Yoshimasu
カルナック
CARNAC
ドルチェ 優しく
2006 11 10

のように、……手探りで這入って行きたい。（お約束の、……）フィレンツェの報告を。皮袋に入った、芳潤な葡萄酒のような「レオナルド・ダ・ヴィンチの手記」のイタリア語の語気、語勢、……は検索が困難なのではと、若い親友《とも》のマルコが心配顔だ。……とすると、たとえば佃のアパートの一階にある本屋さんまで下りて行けば、「モーツァルトの手紙」も「ゴッホの手紙」も、「レオナルド・ダ・ヴィンチの手記」、いづれも、じつに簡単に、手にすることが出来ることのほうが、よほど奇蹟的なのだ、……。〝奇蹟的なのだ、……〟という言葉が消え去って行かないうちに、レオナルドのの眺めのこんな、霊気のような働きの深淵を、咄嗟に読んでおくという至福をもたのしんでおこう。こんな個処、まさかレオナルド・ダ・ヴィンチが、傍点を？ **〝君がさまざまなしみやいろいろな石の混入で汚れた壁を眺める場合、もしある情景を思い浮かべさえすれば、そこにさまざまな形の山や河川や巌石や平原や……そして石混ざりの壁の上には、その響の中に君の想像するかぎりのあらゆる名前や単語が見出される鐘の音のようなことがおこるのである〟**（『手記』上巻二一三頁）。石壁が鐘の音に移るとき、なんという賑やかさが、立ち現われてくることだろう。*Firenze* の若い親友の家に宿を借りて、この若者の書斎の一隅をみて、が驚いていた。わたくしが著《あらわ》した書物《ほん》たちなのに、晴れ着を着たように、艶やかだ、……。みると、誰の手（*mano* 伊語㊛）が、不図、置いたのか、一片《ひとひら》のクモとなって、壁紙《かべがみ》、樹脂《じゅし》（*vinyl* ……）、……が、〝稲妻か白蝶の飛跡のように〟（*Stéphane Mallarmé*）棚引いている、……。

# 61　心熱、、、、、、

（ご報告を、……）*2006.5.01*付の*Firenze*からの書簡のなかで、*Marco Mazzi*氏は、レオナルド・ダ・ヴィンチの声、語勢、その呼吸に潜む、ある顕著な力の標（しるし、……）か、〝非常〟という言葉と、レオナルド・ダ・ヴィンチのについて、絵を付した美しい手紙に、まるで「個人映画」を紙の乗物にのせるように、あるいは見知らぬ果実（*frutta*㊛）の香りと匂いと色さえをも掌にそっとつつみ込みでもするかのようにして、送って呉れていて、しばらく編集部（の、溝尻敬さんに、訳を頼んで、そのやりとりをたのしみながら）と、このページの時を止める、停める、留め……て、たのしんでいた。〝非常〟は〝*immenso*〟、レオナルド・ダ・ヴィンチは、目を、卵《たまご》（*uovo*㊚）と一緒に、加熱して解剖したという。ラテン語では、*ōvum*、古い響きのこの〝玉子〟を、〝目玉〟とともに、煮立てたか、鉄状の板に乗せて、少し固めて、……あるいはその途上の流動を、レオナルド・ダ・ヴィンチは、見詰めようとしていたらしい。劇《はげ》しい、深刻な、そのを、「手記」（岩波文庫（上）一五三〜四頁）からひろうと、

**おお生れいずることを禁示されるもの、いかに多きことぞ。**
**——食べられて雛鳥にならない卵について。**
**水中動物でも、沸騰する湯の中にて死ぬさまぞ見らるべき。**
**——煮た魚について。**

〝ダ・ヴィンチの劇《はげ》しさ〟と〝**非常**（***immenso***）〟に学ぶことは、例えば、近頃対談集が刊行された鶴見和子氏、鶴見さんの非常な心熱を、通い路にして、「南方熊楠の宇宙」あるいは〝萃点《すいてん》の思想〟に、近付いて行ってみること、さあ、なんと形容してみようか、……野原に、巨大なパイプオルガンと無弦の大琴（北村透谷、……）を並べてみるような、そんな映画のシーンを想像することとも似ていて、……想起は、近年のめざましい傑作、青山真治監督『エリ・エリ・レマ・サバクタニ』の一シーンから来ていることは、ほゞ確実だ、……ときおり、こうした表白の亀裂にあらわれる、劇しさや心熱の「手ざわり＝触感（「*tact*＝やりあて」南方語彙）」に、それらは近く、そして、その〝近くに〟を、学ぶことにも通じている。わたくしが〝非常な心熱〟と名付けたのは、金子兜太氏との対談集『米

8:01

寿快談』から引くと、創造性（〝私が南方に惹かれるのは、創造性です〟本書一一七頁）だった。

今月の写真は、南方のいう、これも〝やりあて〟の *magic memo*。〝モーツァルトは、非常な、……耳の運搬者、……〟という刮目すべき一文（高橋世織氏、北海道新聞）をにして、驚いた心が、咄嗟に襲ねた、咄嗟の心熱の、襲ねのショットだった。

# 62　音に貴賤なし

珍奇な、少しだけ珍しい印象の、毎月のこのページの写真を、お読みいただく瞳の端《ハシ》にそっと、差し出している気がいたします。こうして〃……気がいたします〃と、態々《わざ》、丁寧な、丁重な言葉遣いをしようとしている心根の刹那にも、そっと言葉を差し出しながら、思惟や思いの蔭か翳《かげ》りの、まだみたことのない色の地面にさわろうとしている、ほとんど動物的な、……あるいは羊歯《しだ》植物の胞子か花粉か種子《しゅうじ》の舞いにも似た、……（少し飛躍をしますが、……そんな絵やヴィジョンへの、いや、夢への、……）希《のぞ》み、希望も、あるのだと思う。

亡き作曲家武満徹氏に手紙を出すようにして、言葉を紡いで、氏の大切な親友《とも》であった吉田直哉氏から、緻密な美しい記憶の織物の縫い目を通って、ツンと（菜《ナ》、水《ミ》、沱《ダ》の？）香りを覚えさせる、言葉の木霊が戻って来て、驚かされた。それを今月、紹介したい。吉田さんの記憶のなかの、真珠か宝石の花粉にも似て、〃武満徹の考え方の芯《シン》には、音《オト》に貴賤なし〟がきらきらと輝いていたのだと、……。西行法師のこんな歌にも吉田直哉氏は言及をされていた、……。

〈松風の音のみならず石《いわ》ばしる水にも秋はありけるものを〉

**西行の歌を引いて、水音に秋冷をききとる日本人の耳に、それに匹敵する楽曲をさしだすのは至難だ、というのです。「音に貴賤なし」が彼の信条でした。そしてあらゆるかたち、ヴィジョンが、彼にとっては譜面であったようです。**

（読売新聞 '06 六月八日朝刊）

あるいは、わたくしは、わたくしたちは、〝音に貴賤なし〟の、宝石の種子《しゅうじ》、（武満さんの）きらきらきらとした瞳をかりて、西行法師の、この歌の石《いわ》ばしる秋の水の音楽を、もういちど聴き直そうとしていたのかも知れなかった。きっと、そうであったのだろう。吉田さんの記憶や思いや思惟の蔭や翳《かげ》り、草の葉のツユや、ウタのようなところに、ふれ得た倖せを、わたくしは、しみじみと感じていた。いかがでしょうか、……。

そうして、これが、きらきらきらとした宝石の種子《しゅうじ》の、おそらく、作用なのだろう、〝音に貴賤なし〟を、次に、〝眼もまた未開の耕地なり、……〟という小声に、わたくしの心の耳は、聞き直していたのだった。木霊が木霊の子を産むように、……。それが、今月の写真。ピーテル・ブリューゲルの「婚礼の宴会」の前景の巨きな赤帽の少女の傍《ソバ》に、宝貝を添えて、この少女の内心の小声に耳を澄まそうとしていた。〝肺のない人のような声で

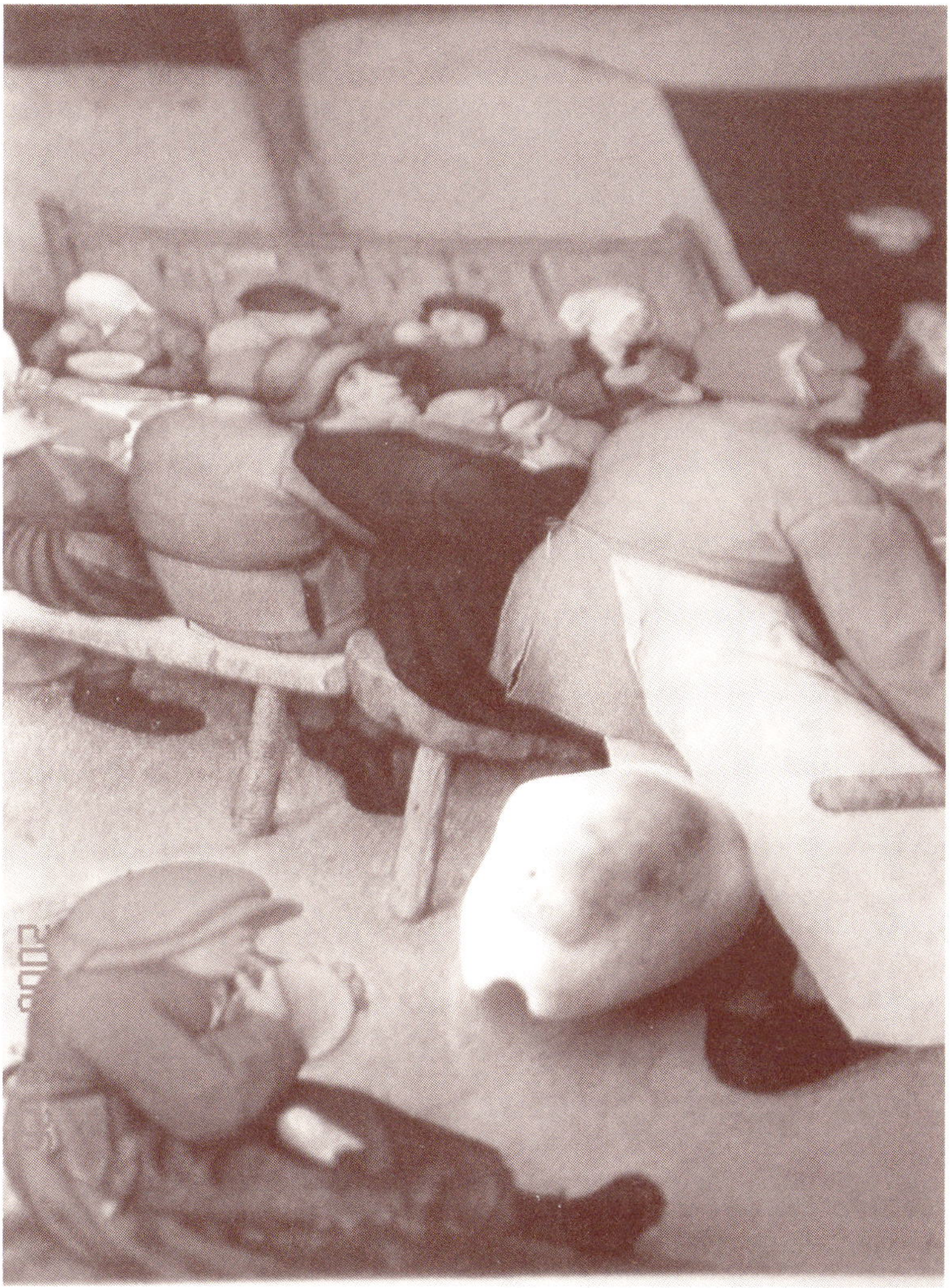

笑う。落葉がかさこそ鳴るような、……〟（フランツ・カフカ、池内紀氏訳「父の気がかり」新潮文庫）、えっ？　西行さん、どう？

# 63　手綱《たづな》 *ein Zügel* もなく、拍車《はくしゃ》 *ein Ansporn* もなく

羽生善治さんが、座右の、……というよりも、盤上の空中に、閃くように、澄んで耳に響いていたことだろう、そんな言葉として、〝玲瓏《れいろう》〟を、一枚の駒（コマ、五角形の小さな木片、……）を、別宇宙の盤上に、ふと打ち込むようにして、口《くち》にされるのを聞いていて、胸が騒いだ、……（ＮＨＫの好番組、茂木健一郎氏「プロフェッショナル　仕事の流儀」二〇〇六年七月十三日放送分）。

〝騒いだ、……〟のは、きっと、何処に存在しているのか、判らないような別の胸《むね》で、……あったのだろう。稀代の英文学者である柳瀬尚紀さんの紹介で、羽生さんと出逢ったのは、もう、そう、七年程前のことになる。爾来、幾度も幾度も、繰り返し繰り返し、書物（『盤上の海、詩の宇宙』河出書房新社刊）やＶＴＲ（ＮＨＫ未来潮流同題）で、羽生善治さんの思考の閃光を、たしかめ、楽しみ、その〝閃光〟のまえに、立ち留って、それを育《はぐ》（羽

包）もうとさえしていたようだ。

こうして、（わたくしの差す手が、……）繰り出し、紡ぎ出そうとする言葉の仕草《しぐさ》や羽搏《ハバタ》きを観つめていると、〝長い時間〟〝別の長い時間《とき》、……（「長考」、……）〟が、忍び込んで来ていることが良く判る、……。その羽生善治氏の天才的な思考の光りの一つに〝場面場面の興味の深さ〟という言葉があった。おそらく、局面や流れ、大局観からは、逸脱するような、……〝それにしても惜しい、いとおしいような駒たちの並びや仕草よ、……〟とその場面を愛惜する、捨てるには惜しいけれども、……と、〝別の……胸〟に、それを納めて、立ち去ったときの、羽生さんの、そのときの呟きの痕跡の言葉で、それはあったのではなかったのだろうか。こうして、羽搏《ハバタ》きや足掻《あしが》きや仕草《しぐさ》やが〝別の胸に、……〟一杯になるのが、豊かということだ、……。

ここまで綴りながら、わたくしは、カフカの（わたくしには、……）あたらしい読み方を、同時に一緒に考えていた。フランツ・カフカもまた〝場面場面の興味の深さ〟に、文字通り深く震撼させられていて、それをカフカは、神速に（〝神速〟で、……）継《つな》いで居たのだ。〝継《つな》ぐ〟（フランツが書いたであろう独逸語も知りたいのだが、……）は、〝繋《つな》ぐ〟〝綱《つな》ぐ〟でもあったのだろう。（編集部に調べてもらった〝原文〟を、この神品に、添えることのおおきな喜び、……）

**ああアメリカン・インディアンになれたら！　ためらいもなく馬にまたがり、斜に**

空《くう》を截《き》つて、慄える大地の上を幾度かまた短い身慄いを覚えつつ、遂には拍車をなげうつて、だつて拍車なんてなかつたから、遂に手綱をなげうつて、だつて手綱なんてなかつたから、そしてきれいに刈られた荒野のような大地すら殆どもう眼に入らず、もう馬の頸もなく馬の頭もなく。

（「インディアンになりたい希み」高安國世訳、新潮社刊）

*Wenn man doch ein Indianer wäre, gleich bereit, und auf dem rennenden Pferde, schief in der Luft, immer wieder kurz erzitterte über dem zitternden Boden, bis man die Sporen ließ, denn es gab keine Sporen, bis man die Zügel wegwarf, denn es gab keine Zügel, und kaum das Land vor sich als glatt gemähte Heide sah, schon ohne Pferdehals und Pferdekopf.* (“*Wunsch, Indianer zu werden*”)

〝別の胸、……〟に、仕舞ってあるのよね、……　〝何処にもない拍車《はくしゃ》も、何処にもない手綱《たづな》も〟。駒おともさ、……。（タイトル部分独語不定冠詞は筆者による）

# 64 ブラジルの木

カピバラ、カピバラ。

七年ぶりに、ブラジルを、二十日間程、サンパウロを起点に、ブラジリア、リオ、パラチ、カンピーナス、またサンパウロと、講演と文学祭参加等の旅をしていて、ブラジル風ポルトガル語に、不図、芳香のように混じる土《ツチ》の風《カゼ》の言葉に、もうひとつ別の耳のアンテナを立てるようにして、ブラジルの芳香を聞いていた。

どういう言葉をつかって説明したらよいのか、……あるいは、この不思議な動物の蔭《カゲ》のような静かさは、……緩《ゆる》い影《かげ》の命《いのち》、……ともいうべきか、しなう、たわむ命《いのち》の影《かげ》の床《ゆか》し、火影《ほかげ》よ、濡れた毛並の美しい水辺の奇蹟、……と粒焼くように口遊《くちずさ》み、我ながら、何語で口遊んでいるのか判然としないような口付（くちつき、……）、それもまた、おそらく先住ブラジルインディアンの命名の際の、この動物の佇まいへの、驚きとも接している筈だ。

カピバラ、カピバラ。

一語の音楽に似た、この名をもつ動物の辞典の説明を、ほとんど、この動物の命の蔭と静かさと濡れ方と火《ヒ》種とは、無関係だとは思いつつも、添えて置きます。*CAPIVARA*（現地語から。ネズミ目カピバラ科の哺乳類。体長一・五メートル、体重五〇キログラムに達し、この目（もく）で最大。尾はほとんどない。頭が大きく、ずんぐりした体形で、赤褐色の荒い毛をもつ。南アメリカ東部の森林近くの湿地に群れをつくって生活。泳ぎが巧みで、敵にあうと水中に避難する。肉は食用にもする。――広辞苑）

もっと、何処からか聞こえて来ているのか、聞こえて来ないのか、……香りがするのか、しないのか、涯知れぬ、未聞の蔭《かげ》の音楽によって、不思議に濡れた、この命のひかりの静かさを、表したかった、……。

カピバラ、カピバラ。

ブラジルの名園、東山《とうざん》農場（ファゼンダトーザン）に、三泊四日、昼下りの、……ほぼ二十米程からの撮影（二〇〇六年八月十五日、……）だったのだが、心躍りの刹那の景色が、仲々消えようとしない。空気を嗅ごうとしていたのか、光に頭をむけようとしていたのか、……濡れた背の毛並みの艶（ツヤ、……）が、實に、美しい、……。そうか、カピバラは、誰も、みたことのない、赤児（あかご、……）に近い。

カピバラ、カピバラ。

〝バラ、……〟は、たぶんパウ（香木）ブラジルの香り。ここまで、わたくしは、今月の『機』の小文を、糸巻きの精霊オドラデクを創成した、……きっと、縫い包みがすきだった、フランツ・カフカに向かって綴っているような気がする。そういえば、カフカも、オドラデクを〝黙りこくったままのことがある。木のようにものをいわない。そういえば木でできているようにもみえる。〟と書いていた。カピバラも、また、静かな、ブラジルの木だ。

# 65 観察

どう思われますか、……。電車や地下鉄でお隣りや前に立たれた、（とくに、……）お嬢さん方が、脇目も振らずに、……そうだったのか、〝脇目も振らず、……〟と綴ってみて、初めて、……懐かしい眼の昔の仕草が、一瞬の秋波、……とまでは行かないものの、眼のわかい、色の波だちが、車内から消えていったのを、内心淋しがっていることが判ってきていた、……いかがですか？　ケータイに集中してられる、お嬢さん方が、気になりませんか？　わたくしはケータイ歓迎派で、街頭を、そぞろ歩きしながら、何処かしら遠方と交信しているらしい姿が、（耳の、……）奇蹟だと、自ずからほくそ笑む。幾時だったか、もう五年も前のことだ。駐車場でしばらく時間待ちをしていたとき、車のフロントグラスの、向こうを、ケータイを片手に、（場所は、八王子東高校内だったが、……）女子生徒さんが、俯いて静かに、通り過ぎて行った。その姿、……ことに、ケータイが、お祈りの棒《ボー》のようにみえて、それが啓示だった。音もしない、呼吸も伝わってこない、……その場面《シーン》を思い起こしつつ綴っていて、「車内」とは、明らかに違っていることに気がつく。電車や地下鉄のお嬢さんのお手元に、わたくしの記憶の〝静かなシーン〟を、二重焼きの写真のように、差し出してみる。細かく、甚《はなは》だ、忙《せわ》しなさそうなお嬢さん方の指の動きの音楽もまた、わたくしたちの耳には、ほとんど聞こえない筈なのに（少しはね、……）、近くでわたくしは、わたくしたちは、心（の耳、……）を騒がせて、……いや、その〝仕草〟に、落着きをなくしているのだ。カフカはどうだったのかと「日記」（一九一一年一月〜二月）を探してみると、急行列車に乗ったフランツ・カフカの観察は、こんなだった。

それからまだ、《面白新聞》を読んでいる、血色のよい若者だ。これが小刀を使って好い加減に仮綴頁を切っているのはいいが、しまいに何とも驚き入った暇な男の入念さで、絹のハンケチでも畳むように、何度となく押しをきかせたり、中から縁《へり》を圧潰したり、外から固めたり、上から叩き潰したりして折畳むと、その嵩ばったやつを無理やり上衣の内ポケットに押込むのである。この分では、家へ帰ってまた読むつもりなのだろう。かれがどこで下車したのか、全然気がつかない。

（フランツ・カフカ「フリードランドとライヘンベルクへのある旅の日記」——一九一一年、近藤圭一、山下肇氏譯、新潮社）

カフカは、とっても、驚いている。そうして一息に書いたのだろう、その驚きの波動が

2006

伝わって来る。それにしても、こんな風にして折畳まれる、新聞紙の、なんという荒々しい奇麗さだ！〝絹のハンケチでも〟〝小刀を使って〟と、まるで処刑場の阿修羅のような、車内の若者に、カフカは眼を近付けている。いまの世の電車や地下鉄でのお嬢さんの〝仕草〟を、フランツ・カフカならば、さぞ見事に、観察を、と思いつつ引用して、愕然とする。〝叩き潰したり〟〝内ポケットに押込んだり〟これは、ほとんど同じではないか！

# 66 縁人（ゆかりんちゅ）

『機（き）』、「機（はた）」の韓国語、ロシア語、そして中国の言葉（何処か奥地の少数民族の方々の耳、……）に、さらに大昔の西夏や楚の国にも、響いていたであろう物の音、そのとき宙に、舞っていたであろう、糸の埃《ほこり》や土の色香が、急に知りたくなっていたのは、済州島《チェジュド》が生れの、政治思想家李静和《リジョンファ》さんの〝耳の宇宙が、……〟（〝耳の宇宙が、……〟で、よいのでしょうね）小誌『機（き）』編集部を経由して、伝えられて来ていたからだった。〝再《り》=記憶《メモリー》〟という大切な思考の手繰り（てさぐり、……）と摩《さす》り方を、李静和さんから学んでじつに久しい。何処にも寄港する港のない巨船（フネ、……）の姿とともに、……。〝機《はた》〟は、おそらく、きっと、〝耳の宇宙、……〟の途上では、〝端《はた》、傍《はた》、……〟、あるいは〝凧《はた》、……〟でもあるのだろう、〝はし（箸、橋、……）〟もまた、……。

〝はたはた、……〟。

〝急に知りたく、……〟の根には、戦後の貧しい機屋《ハタヤ》の息子だったわたくしの〝耳の宇宙、……〟もまた、ここには襲なっていたのであって、杼《ひ》（舟形に、横糸を容れたもの。シャットル）を、初めて手にしたときの驚きに〝幼い手の感触の宇宙、……〟をも、ここで（ここに）もまた、思い起させようとしていた。さらに、『機』（二〇〇五年八～九月号本欄の52～53回）でも、この〝仕草〟に驚愕をしつつ、幼いサミュエル・ベケットの、ジョン・キーツの掌の感じを読みながら、触れたことがあった、たとえば〝気にいった石を海岸で見つけると、波による摩滅や移り気な天候から守るためにその石を家へもって帰った……そして石が傷つかないように、そっと庭の木々の枝に乗せておいた〟（『ベケット伝』白水社刊）、石を掌に乗せて、木の枝に運んで行く、幼いベケットのこころの空気と汐の香りを、こうして、うん、『ゴドーを待ちながら』の〝*waiting for*……〟の、瞠目すべき途上感、途中の感じの〝時（とき）の泡（あわ）〟をも、幼い手《て》や掌の感触に、襲ねようとしていたのだった。杼《ひ》（舟形に、横糸を容れたもの。シャットル）への決して消えようとはしない驚きが、〝時（とき）の泡（あわ）〟を、じっと見詰めていたのかも知れなかった。小石を、汐の香に濡れた小石を、大事にしよう。

はたはた。はたはた。

〝耳の宇宙、……〟には、「音に貴賤なし」（武満徹さん、……）どころか、もっともっと深いところからの機《はた》の音が〝耳の傍《かたわ》らに、……〟聳《そばだ》つのを待っているのであって、その土

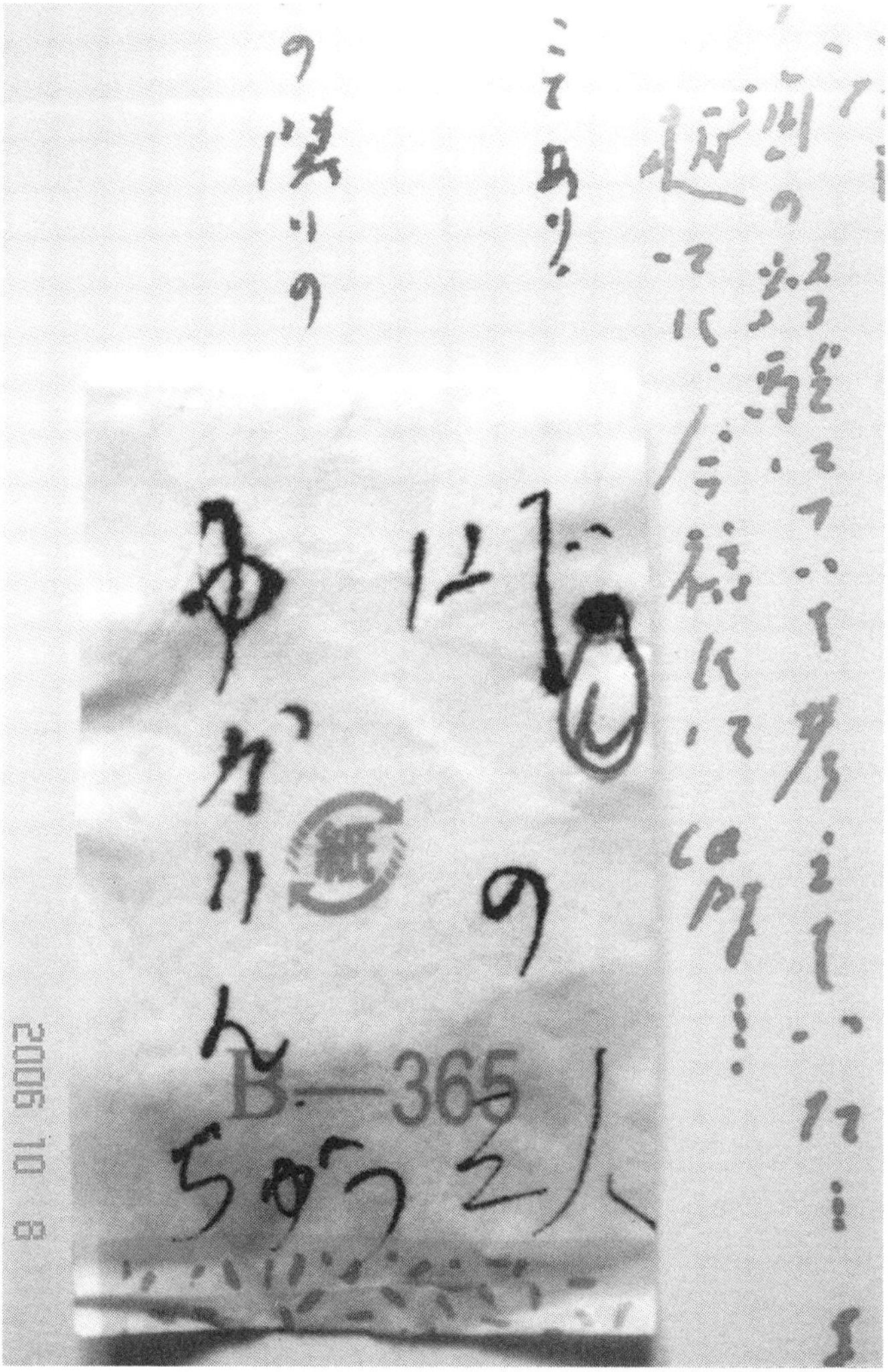
B—365
2006 10 8

の音に、耳を澄ます。それはもう、別人の耳である。

はたはた。

奄美に、円《いん》という、とっても耳目を驚かす集落があって、奄美の写真家濱田康作さんが、耳打ちをした。〝円《いん》には、ゆかりん人《ちゅ》（縁人（ゆかりんちゅ））が三人、あの方が、そのおひとりです〟と。驚いて、バス停で、その人を見た。いつまでも、待って居られる方々のおひとりだった。

# 67　涙の *Eiffel*

メモを、手帖に、貼り着けるように、……あるいは、やぶれ障子に、色々の、小さな短尺（裏には、仕入れの数量なども書き入れてあって、……）の切り貼りをするように、……こうして喩を先に立てて考えているときに、幽かに聞こえてくる〝紙の音楽のような映画〟を、ボードレールの巴里「……無数の四輪馬車は絡繹《らくえき》として、泥と雪とは撥ねかえされ、玩具とボンボンは照り輝き、目論見と失意とが渦巻きかえす、まことに日頃は最も意志の強い孤独者の頭脳を混乱せしめるに足る、これは大都会のお祭り騒ぎであった。」（シャルル・ボードレール『巴里の憂鬱』「剽窃者」三好達治訳、新潮文庫）、ネルヴァルの「古い山（モン・ド・マルス）も前世紀にはすでに崇高な頂を失っていた風車《ムーラン》の丘の運命を、やがてはたどることになろう。――だが、まだここには、厚く緑の生垣に囲まれたいくつかの丘陵が残されており、棘のある目木《メギ》が、菫色の花や紅色の実を交互につけて、彩りをそえている。

丘の上にはまだ、風車も、居酒屋も、蔓棚に覆われた休息所もあり、田園の楽園《エリゼ》がひろがる。藁葺き屋根の農家と、納屋と、草木の生い繁った庭の間を、静かな小径が通り抜ける。」（ジェラール・ド・ネルヴァル「散策と回想」筑摩書房版全集）の風の小径、さらにロートレアモンの「ぼくはローソクをつけて彼女にさし出した、だから彼女は詳細をいやでも見ないわけには行かなかったろう。彼女はわらくずのついた頭を早くできすぎたお墓から出して、ぼくに言った……」（ロートレアモン『マルドロールの歌』渡辺広士氏訳、思潮社）の藁屑のついた頭に近付く、ローソクの匂いの旧い巴里の骨（ホネ、……）のようなところに、その〝紙の音楽〟を、襲ねて、身震いし、怯えながら、……秋の暮れ方（二〇〇六年十一月二十日）風雨の強い五時頃に、*Montparnasse* を基点に、*Eiffel* 塔下までの「短篇ロードムービー」をつくっていた。ごめんなさい。書き出しの上の一文、何処に「〇」を付けたらよいのか、何処で呼吸を止めたらよいのかまるで判らずに、〝心は、千々に砕けて〟（北村透谷『蓬莱曲』冒頭九行目）、しかも、〝無数の四輪馬車の、……〟（ボードレール）とどろきと怒号、――〝丘の上の風車《ムーラン》、……〟（ネルヴァル）から降き下ろす麗しい風、……〝藁屑とローソクとお墓の戸口、……〟（ロートレアモン）の間近かさが、一緒に、ともに、いまここで、読まれても居て、心は千々に砕けて、恐れとおののきが、雨風《アメカゼ》に、……揺れていた。

（『機』編集部の溝尻さんが選んで下さった、……）どんな〝かぜの *Eiffel*〟が、〝涙の *Eiffel*〟が、今月の『機』のこのページの瞳《メ》となるのだろうか。

判らなかった、判らなかった。

（言葉も、時化《しけ》に、逢うような、……それは）逢魔が時だった。*Montparnasse* から *taxi* を頼んで乗り込むと、狭い助手席が〝紙の結界、……（書斎か書き机のある景色）〟となった。下りるとき、握手して聞くと、哲学を学ぶ中年の仏蘭西の方の車だった。掠《か》すれて、霞《かす》んで、夕暮れの尾灯が流れて揺れる、五分二十九秒の映画が出来上がっていたのだが、ヴェール（薄絹）と十二単衣《ひとえ》、過去のどうしても必要な皮膚の層となって襲って、……とも、思考としては、そうも云えるのだが、撮影時に襲って来たのは、もっと直接の〝棘〟や〝ローソク〟や〝雨〟。〝怖ろしい眼の *film*〟に、わたくしの眼の底の紙の繊維の糸、……〟が絡まって、巣《ス》をつくった、……、そんな「短篇映画」が出来上がった、といえるのかも知れなかった。

ごめんなさい、今月は、言葉が吃りだしてきて、支えられない、語る言葉が、〝柔かすぎる、……〟と囁いて居るように聞こえていた。お披露目の時（渋谷 *UPLINK*。'06 十二月二日）、わが師のお一人、高橋世織先生が『五分二十九秒』とタイトルを付けて下さっていた。うん。「五分二十九秒の時」にだけ顕（たつ、あらわ）れた *Eiffel* だったな、貴女は、……。

# 68 熊野、梛《なぎ》の葉、……

今月、ごらんの写真（二五一頁）、少し、ピンがぼけだけれども、香りも色も、これでなくてはおつたえできない何かがあると思い、これを選んだ。縁あって、旧臘六日、懐かしの熊野、新宮に急いだ、……。何故〝急いだ、……〟のか。これが、今年はじめのこの小文が追尾すべき言葉とその奥にあるものの、葉脈かスジのようなもの、なのかも知れなかった。初めに、おに入れようとしたのは、定家卿の一首（「千早ぶるくまの丶宮のなぎの葉をかわらぬ千代のためしにぞ折る」）が認められた〝縁結び〟のなぎ人形の護符（おまもり、……）のハコのなかの少ーし、戦《そよ》いでいる色と香りのおとだったのだが、……。

五、六行前の〝新宮に急いだ、……〟のあたりでだろう、どうしても、色と香りを、*two shot* にしたくなっていた。カラーならば、……というのではなくて、色と香りの聞こえない（みえない、……）おとの襲《かさ》ね方がじつに（そう、幼い頃の遊びのように、……だ）微妙なのだ。心中の景色のずれの襲ね方がじつに微妙なのだ、……といい直そうか。それは、どうやら、言葉だけでいい尽せる境界を、食《は》み出しているようでもある。それで、左側のを添えて、*two shot* にしていた、……。定家卿の歌の枝の戦ぎ（〝折る〟、……）もそうだが、師走十二月なのに、キラキラキラキラと照っ（「照手姫」？）ている、梛《なぎ》の葉の緑（*green*、グリーン *vert*、ヴェール）のひかりが、驚異的だ！ 驚きのその刹那に、瞳《メ》はもう、ミンナミノシホノカ（香）ヲ嗅イデ、タカラガイ（宝貝）ヲ吊ッテ、ニハカ（俄）ニ、楽譜ヲ、拵ラエテ居タノカモ、知レナカッタ。定家卿よ、〝ためしにぞ折る〟の〝ためし〟の *slow motion* が、わたくしにも、いまわかる気がする。

実は、急の、この熊野行（早朝六時の「のぞみ」で東京を発ち、……新宮、田辺、天王寺を過ぎて深夜に帰京）は、『Punctum Times 3』の熊野特集のためのものであって、発行／編集の寺本一生さん、育乃さんの故郷帰りの道行《みちゆき》に連れ添うようにして、わたくしも〝懐かしの熊野〟に、たった一日《ひとひ》の *cosmic picnic* 野遊びに、帰って行った。映画（十四分十一秒『熊野、梛《なぎ》の葉、……』）制作も、心がけたことのひとつだったのだが、携えて行った書物たちの、特別のタビでもそれはあった。煩を厭わず挙げておくと、『なぎの葉考』野口冨士男、『古事記』上・中、講談社学芸文庫、『説経節』平凡社東洋文庫、『熊野詣』五来重、折口文庫二冊、新潮文学アルバム『南方熊楠』『古事記』、『熊野集』中上健次、『バートルビー』ジョルジョ・アガンベン、月曜社、『熊野考』丸山静、せりか書房、ジャック・デリダ『その

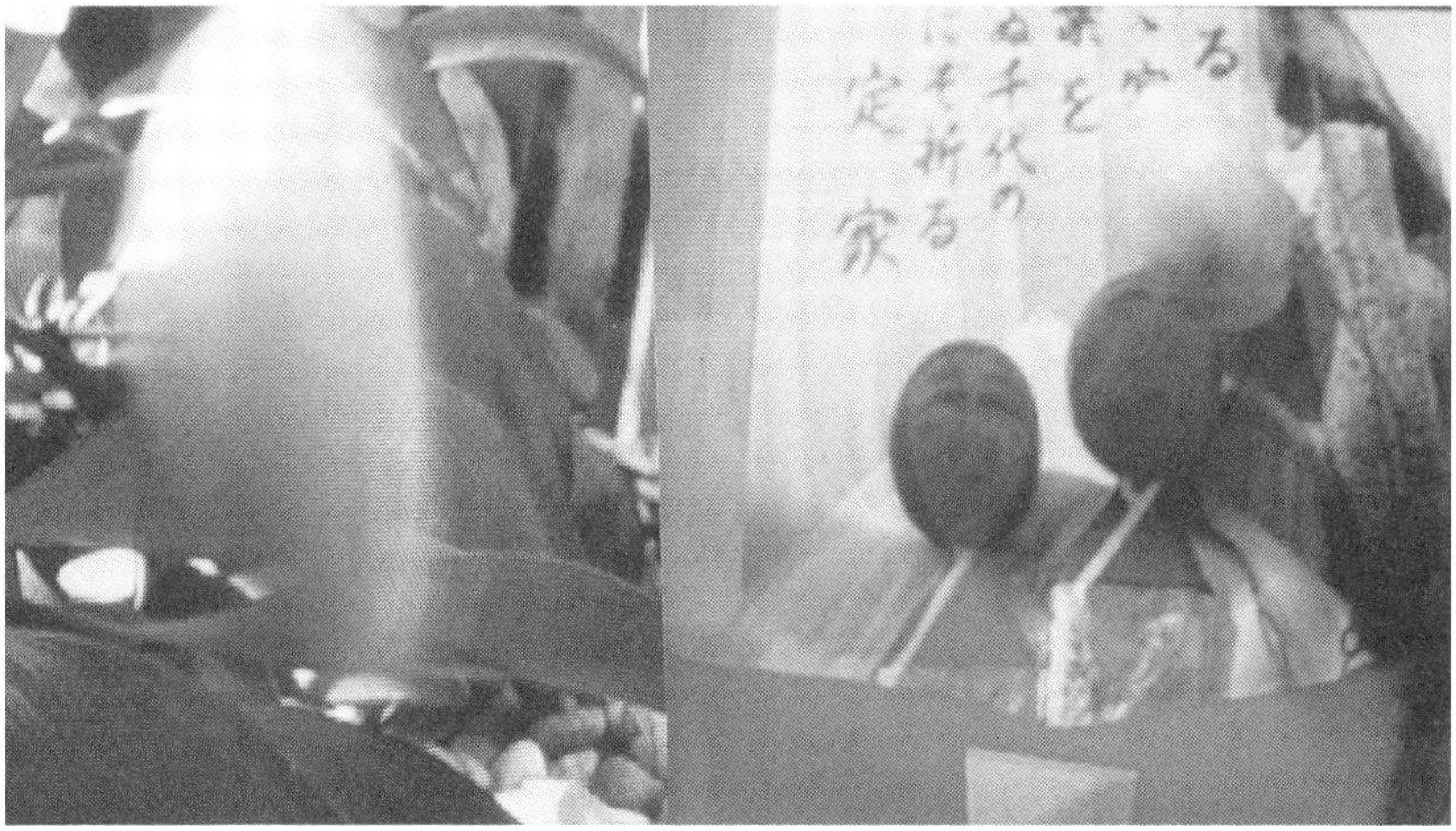

たびごとにただ一つ、世界の終焉』岩波書店、*Henry David Thoreau* 〝*Walden, or Life in The Woods*〟（『森の生活』岩波文庫）等々であって、面白いことに、熊野までの長いときが、普段は、読むことの出来ないページの葉裏《ハウラ》が、にひかりを、……読ませてしまうし、こんな声も物の音が、諸共に、わたくしたちの耳にもこうして響いてしまうのだ。〝「この者を、一引《ひとひ》き引《ひ》いたは、千僧供養、二引《ふたひ》き引《ひ》いたは、万僧供養」と書き添えをなされ、土車を作り、この餓鬼阿弥を乗せ申し、女綱男綱を打ってつけ、御上人も、車の手縄にすがりつき、えいさらえいと、お引《ひ》きある。〟（『小栗判官』平凡社、東洋文庫「説経節」）〝説経節〟を聞いていた人々の耳に、どれほど、この〝一引《ひとひ》き〟が、そして、御上人もすがりついて引《ひ》いたときの〝えいさらえい〟が、こびりついていたことだろう。この〝一引《ひとひ》き〟が、〝道行〟である。

# 69
# はらわたの底ノ月

鶴見和子さんのこれが最後の著作なのか、最後の「本」になるのだろうか、『遺言――斃《たお》れてのち元《はじ》まる』（藤原書店、二〇〇七年一月三十日発行）を手にして、こんな言葉のする*or*している仕草に、こんなところに、この稀有のひとの〝於母影〟が、宿るのかと、しばし、茫然と陶然と、これら（左、十行ほど先、……）の言葉の舞いを見詰めていた。（溝尻さん、感じのいい、欧文だったらイタリックなのか、草体で、……）。舞いを、……を、踊るか揺れに、やや土埃りの香りのする言葉に、入れ替えようとする心根《こころね》も、不図、うごく。と、ほとんど瞬息、……が、この本の袖《そで》に、〝**斃《たお》れてのち元《はじ》まる宇宙耀《かがよ》いてそこに浮遊す塵泥《ちりひじ》我は**〟（一首は、活明の小振りか、……）塵泥《ちりひじ》我があるのを認めて、なんだ、……　〝やや土埃りの香り〟だなんて、鶴見和子の歌の芯に立つものの、ものすごさがすでに、こちらに移り住んでいることを知る。

さて、引用は、ここ、……。

『いのちを纏う』とは。植物のいのち、染織した人のいのち、纏う人のいのちが交感する。植物繊維を使い、植物染料で手織りにしたものは、その植物のいのちとつくった人のいのちとがそれを纏う私のいのちと交流する。植物繊維、植物染料で手織りのものと交流しながら仕事をすると、考えがどんどん沸いてくる。……

（『遺言』一六頁、傍点引用者）

鶴見和子さんはきっと、〝月のひかりがはらわたの底までもしみとほってよろよろする、……ような〟（宮沢賢治『月夜のでんしんばしら』、後出の高橋世織氏講演の résumé より。初出岩波書店『図書』一九九六年七月号「はらわたの感受力」。傍点は、高橋氏による、……）そんな微《ミ》塵《ジン》子《コ》が踊って跳ねて泳いでいる層や、気圏の底で、鶴見さんも、この濃い感触の〝纏う〟に、ふれていたに、違いない。動詞「纏う」（他動詞／巻きつかせる。絡みつかせる。自動詞／巻きつく。からまる。）を見詰めて咄嗟に、動物的な内臓を思い描いたであろう数限りない人たち（人たちばかりではないのかも知れない、……）の瞳《メ》のひかりを、わたしは感ずる。それを、おそらく鶴見和子さんは、おそらくそれを、もうまったく全身で知っていて、こんな（南方熊楠論だか、衣裳論だか、職人論だか、舞踊論だか、社会学だか、判然としない、だがだが、……）見事な呼吸を伝えて来ている。これが鶴見和子の歌なのだ。

〝纏《まと》う〟は、英語だと、*wear* か、*wrap* だか、……と鶴見和子さんの思考に少しずつ這入る

六月二十四日（土）
黒田杏子氏が来られ、一日姉の話を聞いて下
一方、六月二十五日の京都の同志社大学
纏《まと》う」に欠席せざるを得なくなり、メッセージ
の里まで来られた。姉は「メッセージの件、
夕食を頂き元気回復、そのメッセージは
『いのちを纏う』とは。
植物のいのち、染織した人のいのち、
植物繊維を使い、植物染料で手織りにした
のちとがそれを纏う私のいのちと交流する。
しながら仕事をすると、考えがどんどん沸い
わけにはいかない。だから私は、仕事をする
ものを纏う。そうでないと、頭のなかは真っ
の間にできるのが、その最
ちの交流が、私の創
2007 7 30

ようにしながら、〝纏う〟は必ずしも、「国語」や「一国語」にかぎったことではない、食《ハ》み出すor滲み出すものの運動というか仕草というか、われわれもそこに、二重《ふたえ》、八重《やえ》の瞳《メ》を認めていることに気が付く。〝纏《まと》う〟には、鎧兜《よろいかぶと》、仮面、あるいは脱皮の、……姿や形《カタチ》も、記憶の道には並んでいるのかも知れない。

速達で（もう締切りぎりぎりなので、先にと、……）送った、今月の写真を、急いで差し替えていた。これも、急いで、纏《まと》うか。こんな小文こそが、ひとつの旅だ。修論審査三つ（ミゴト、……）の早稲田大学の、*café*で、前頁の引用のあたりを。夜は、東工大、ＡＣＣ提携講座、高橋世織氏「宮澤賢治における食の思想」（二〇〇七年一月二十九日、東京工業大学大岡山キャンパス）の熱弁に打たれていた。賢治の〝月のひかりのはらわたの底〟は、その名残り。鶴見和子さん、こうして、わたくしもまた、（貴女の歌の、……）はらわたの底を、纏っていました、……。

# 70　光の棘《とげ》

「静かなアメリカ」で、上空を見上げながら、考えるともなく考えていた。中心に入って見上げると、青い空《うろ》と洞《ほら》、……しかしこうした、かつての *hurricane* や *typhoon* の渦の喩では、もう到底、とゞかない、……（しばらく、数秒 *or* 幾秒か、考えていて、……）光の色ということばの匂ひのようなものがしていた。匂ひは、きっと、〝立つ〟の陽炎《かぎろひ》の俤《おもかげ》が、引きだしたものだろう。しかし、この、色の微塵《みじん》の立ち昇りは、〝幾秒か、……〟をと、数えているをと、……数えているひとのこゝろの鏡の上に、幾重にも二重三重に顕って来て居るクモ（patch、……継ぎ当て）なのだろう、……。（最早、……*no longer*）『機』前号で（世織教授のご講義に、……）すっかり驚いてしまっていた賢治さんの〝はらわたの底のよろよろの月〟、少しく、有機化合物／*organic compound*、こんな底の空での立ち方では、もはや、ないのであって、数え立て方（*the way of counting*）＝ライプニッツのいう〝数えること＝

音楽〟をあたらしくみつけなくては、……と思いに耽っているとき、耳の彼方に聞こえて来る〝暗算少女〟の〝読み上げ算〟の声が不思議だ、……。何処か、中国の奥地かチベットあたりで、コーランに、そして、英語の美しくて短い〝*aren't we*……〟のような問いかけの声が雑《まざ》って、驚いている景色が、瞳《メ》に、刺青《いれずみ》かモザイクのように響いて来ていたのかも知れなかった。今月の『機』の小文は、とても雑音まじりというか、チャンネルが合わない、道なき道の縫糸のような文章で、お詫びを。

「静かなアメリカ」で、二月、アリゾナ、……。建築家フランク・ロイド・ライトが、その生涯の最後に創《つく》ろうとしていた *Taliesin West*（ウェールズ語の〝輝く丘〟あるいは〝輝ける額〟）近くに戻っては来たが、二十年前とは、空気が違う。その〝空気の違い〟を、確《しか》とはいい当てられずに、一夜、「静かなアメリカ」と今月の写真の塔（ライトの残した設計図を復元、……青い、水中の貝か鱗（うろこ）に似てる）、夕暮れのサバクの砂と覇王樹《サボテン》が語っているであろう言葉を、夢に占ってもらうように祈るようにして（二〇〇七年二月二十二日夜）眠りに就いた。

夢のなかに、老フランク・ロイド・ライトが、裏地が真紅のマントを翻して、グランドピアノの前に、そうしてベートーベンを弾きはじめたという、人々の記憶のなかのライトの匠気に満ち溢れた、鮮やかな姿が立ちあらわれて、……とくに真紅のマントの裏地が、その翻された真紅の（絹（*silk*）の?）織地《きじ》が物を言っているかに見えた。颯爽としたフラ

2007 2 21

ンク・ロイド・ライトの姿が、こうして生々と眼裏に浮かんで来たのも、夢の果報功徳だったが、しばらく、夢の地《ぢ》で考えていて、そうだ〝針《はり》だ、……〟という声に出逢っていた。前々頁に〝お詫び〟に、書き込んだ〝道なき道の縫糸〟も、〝覇王樹《サボテン》〟も、棘《とげ》と針《はり》、……。そう思って見直すと、……いや、昆虫の眼になったようにして、生れたばかりのが見直すと、眼玉が刺すように捕えた、青い貝の塔のアリゾナの今日の写真、光の棘のヂゴクの夕立か、光の棘の、ひと吹きのカゼにみえる。

# 71　静かな小川——島尾ミホさん追悼

奄美から、島尾ミホさんご逝去の、〝静かな一行〟が小川となってながれてきて、佃（つくだ、……）の岸辺に辿りついたとき、心なし小声で、一葉の濡れた白紙の短冊は、ものをいっているようだった。**〝訃報——ご無沙汰です。島尾ミホさんが本日、ご逝去されました。取り敢えずご一報まで**（二〇〇七年三月二十七日　南海日日新聞社松井輝美）〟心なし、……ものをいっているように聞こえたのは、それは、いまから二十年近く前になるだろうか、新聞社の受付で〝編集局長さん、松井さんいらっしゃいますか？〟と受付嬢に、澄んだ高い声、……というよりも一首の歌が歌われるように感じられたミホさんのお声と佇いと情景とその空気とが、……澄んだ小川のように立ってきて、わたくしの住いの八階の一角を包んでいたのだった。澄明で、不思議の感に打たれて、しばらく理解がくるのをまつようにしていてひとつのことに気がついていた。イメージと言葉も、生の肌理に貼り付くようにして、しばらくその短い生を送るのではないのか、……ああ、これが歌の根のものだ。

〝……ご逝去の、静かな一行が小川となって〟の書き初めに、書き手たるわたくしも、いささか訝《いぶか》しんでいた。しかし、すぐにそれが、ミホさんが古里《ふるさと》、加計呂麻の洗骨の場所につれていって下さったときの、ここでいたしましたのよ、……その渓流というか小川の、なんといったらよいのか可憐さ細さに一驚した、その小川であることにも気が付いていた。〝静かな一行〟は、立姿、海のなかの立ち泳ぎの姿なのか。判らないのだが、……。そしてこれは偶然だとは思うのだが、少し怖（こわ）いようにも感じていた。先月の『機』のタイトルは「光の棘」。どこかで、この棘が、人生の小川にぎっしりと浮かんで流れている。『死の棘』は島尾文学の名作。ミホさんの死の報から二日後機上（巴里への *Air France-275* 便）で、急いで（岩波書店、樋口良澄氏からバイク便で）送ってもらって、島尾敏雄さんについて、ミホさんの『海辺の生と死』の奥底にまで光をあてている吉本隆明氏、そして小川国夫氏の深い洞察にあらためて感服しつつ、読みふけっていて、こんな幻影にはしばしば襲われるわけではないのだけれども、言葉を喪《うしな》ったまま五年前に亡くなられたマヤさんの面差しが、座席の傍《そば》に立って来ていた。喪った人の亡くなった方の眼差しでみる光はまったくといっていいほど、光の方向が違っていて、（*fax* で巴里から送った追悼文を読み取って下さった、読売新聞文化部の松本良一記者とともに驚いていた、……）若きミホさんが、海底に足をとど

かせて、再（また、……）立ち泳ぎで浮かぶ姿が、戦慄を呼んだ。先号のアメリカの棘《とげ》の映像を、（もういちど、溝尻さん、……）ミホさん追慕のこのページに、静かな小川のように、置いて下さいますように。

# 72
# 〃あらゆる限界づけを、……彼＝フィリップ・ラクー＝ラバルトは、許しがたい不正義と感じていた〃

〃　〃、上の標（しるし *mark*）は、『環』（*vol.29 p. 367*）の、ジャン・リュック＝ナンシー氏による、優れた、……というよりも、哀悼の小さな火の点（とぼされるとかさなっていて正確には誤用ですので、傍点を）がとぼされる、このときこそが一期一会の、そのときに綴られたものらしい、心に沁み入るような文章（の息遣い、……）からの咄嗟の引用だった。まづ『機』（*vol.182 p.6*）の抜粋のページにが、ミミがすぐにはそれとは判らない種類の微（きざし、……）のようなものの立ちあがりに驚き、この佳文三篇を、部分的には読んでいたのだが、そのときにも、きっと編集者がしたであろう〃切り出し〃に、驚いていた筈である。（*Emily Dickinson* なら）〃斜めにさすひかり、……〃というのだろうか、ひとの死の間（あひだ、……）に射すひかりが、もたらすものに、わたくしたちは驚きつづける。その僅かな裂開（……というよりも〃裂け〃、……）を、稀かな戸口にして、わたくしたちもまたわたくしたちの生の辿（たど、……）りを、僅かに変えるものらしい、その物音を、思いも懸（か）けずに耳にするという経験が、〝驚き〟の内実であったのではなかったのかと、も眩む思いがしていたのであった。

絶筆の『消失』への序」で、フィリップ・ラクー＝ラバルト氏は、こう書き残していた。**〝そう、私は二度死んだ……数ヶ月の間をおいて。……しかし、そのたびに私は、世界として立ち現れるものとは、まずなによりも、世界が存在しているという（世界が現前しているという）事実そのものであり、しかもこの世界の存在は、知覚不可能な仕方で、万物の充実した存在に先行しているのだという、束の間の直観をえた〟**（西山達也氏訳、傍点原文、……）。わたくしの切り出しもまた、幾度も、このひかりの戸口の裂けに戻って来ては、ここに佇んでいたい、……たとえばこれは〝心の刃（かたな、……）〟の閃きであって、これは理会や注釈というものではない。……ここを心読しつつ、何故かふと、浦島太郎や鼠の浄土のことが、フシギの香りをともなって空（そら、……）にかかり、フィリップ・ラクー＝ラバルト氏の書き残したこの行（くだり、……）に来て、頭を、ふと挙げ（あげ、……）るようにしたのは誰だったのか。

そして、『環』（のp.368〜9、見開きの）ジャック・デリダに捧げられた、フィリップ・ラクー＝ラバルトの『貧しさ』を読む」の手書き原稿（浅利誠氏、同夫人によって知った緑色の紙の地の衝撃、……）について遺作を読み込みつつ、次号へと先送りをしたい。『環』

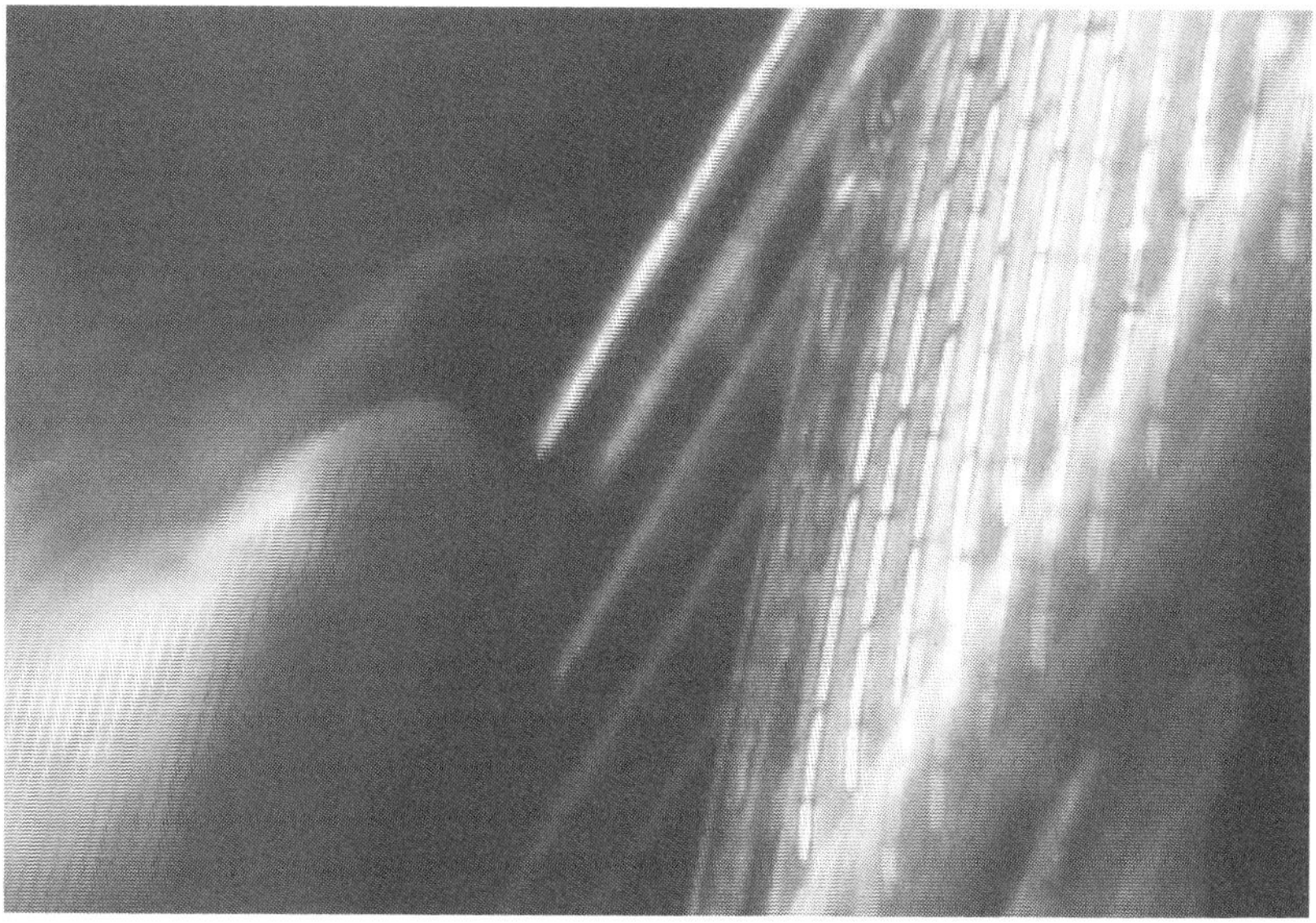

創刊のとき、東大駒場で印象に深く刻まれたフィリップ・ラクー＝ラバルト氏のことも。写真は、縁《ゆかり》のストラスブルグ。二〇〇七年四月十一日、まだ奄美で亡くなられた島尾ミホさんの声と仕草と無言の教えとともに居て、わたくしも舞台に坐りながら、〝この解（ほつれ、……）を、……〟をと、何故か咄嗟に回した *Ciné* の一齣、*Jean-François Pauvros* 氏のギターの糸の言葉の坂（さか、……）、裂（さけ、……）、……。

# 73　剝きだしの思考のすじが捨てられない
## ――フィリップ・ラクー＝ラバルト

巡礼者たちが、同行二人（〝どうぎょうににん〟あるいは〝どうぎょうふたり〟、……）と、笠などに書きつけるときに、笠ではなくって、杖であったり、襟の裏のようなところでもいいわけで、……と考えているときに、そうか、もしかして、良寛さんが〝天上大風〟とこどもたちの凧に書きつけてあたえたときの刹那の心のはたらき *or* かぜの想像もそうであっただろうように、書きつけるところは、身近であってもよいし、はるか天空の青空の黒板のようなところであってもよいではないか。

空の黒板が歩をすすめるたびに、付いてくる景色は（*suica* や *pasmo* も「青山常運歩」＝道元も、……）それも、佳境だぜ……。

『環』vol. 29（追悼特集）フィリップ・ラクー＝ラバルト（「氏」と綴ると、何故かそぐわない、……微妙さ）の手書き原稿と遺稿のもたらした衝撃の語り難さ、それだからこそ、どうやら、切実かつ確実であるらしい、その衝撃と震えについて今月も再（また、……）ふれてみたい。ふれてはみたいが、きっとふれられないのではないのかという、怯えのあたらしさが、今月の小文の初めの空気を、引きだしていた。みたこともさわったこともない動物か精霊のようなもの、痩せこけた若い豹か夕方の蜘蛛かが、臆病そうに初めて胎内を歩きはじめる気がしてくるのは、……フィリップ・ラクー＝ラバルトの思考の（はじめての）こんな容器《コントゥナン》と出逢うときである。

……をめぐるベンヤミンの分析は、並外れて難解である。一歩一歩、それに付き随っていかなければならないだろう。数多くの註解があったにもかかわらず――そのなかには、最終的には、アドルノによる利用も含まれる――、ベンヤミンによる分析は、いまだに秘密を明かさずにいるように思われる。私はといえば、どうしたらここで、それを読み通すことができるかさえ、よく分からずにいるのだが、ベンヤミンの結論――結論なき結論――を、その謎めいた宙吊り状態のまま喚起しておくことだけはしておきたい。

（『ハイデガー　詩の政治』「ねばならない」一三二頁、西山達也氏訳、藤原書店刊）

切るに切れず、傍点も傍線もつけることの不可能な、……と感じさせる、剝きだしの思考のひかり、……というよりも、剝きだしのこれは思考のすじだ。（当時「図書新聞」編集長、……）山本光久氏にともなわれて聞きに行った、東大駒場でのフィリップ・ラクー＝ラバ

ルトの講義（1999. 11. 9 *L'agonie de la religion*　狭い教室に、小林さんも、鵜飼さんも、湯浅さんも、……）の *résumé* が、どうしてか捨てられなかった。何故か、――。仏蘭西語を一語も解さぬのに。

写真は、仏蘭西のギタリスト *Jean François Pauvros* を連れて、釜ケ崎、西成に行った、久し振りの通天閣――。きっとこころは、この塔のことが、この塔のまわりの空気が捨てられない、……。

# 74
# 「真の生活は別のところにある」
## ——フィリップ・ラクー＝ラバルト

『環』——創刊〇号、二〇〇〇年冬、二十四ページの薄いパンフを手にして驚いていた。薄いパンフの方が、こちらを見詰めている、……そう感じさせたのは、おそらく、記憶の作用、その物の音でもあったのだろうか。フィリップ・ラクー＝ラバルト氏の『貧しさ』を読み了えて湧いてきた驚きの質は、まったく違った色が、心に、紙上に、……滲みでると覚えさせるほどのものであった。

「『貧しさ』を読む」の末尾（一四二頁、五行目、……）。〝しかし「真実の生」は「どこか別のところ」にもあるのだ。〟西山達也氏のこの訳注を読む目に、しばらく時間をかけて、衝撃の重いクモが下りてきていた。訳注の〝にも〟の、傍点は、おそらく訳者の手になるものだ。〝ラクー＝ラバルトは、ランボーの詩「錯乱Ｉ」（『地獄の季節』所収）のなかの有名な言葉 *la vraie vie est absente*〔真実の生は存在しない〕を *la vraie vie est ailleurs*〔真実の生はどこか別のところに存在する」と言い換えている。〟（傍点、引用者、……）。傍点のところが、すぐには、わたくしの目には、確と読みきれずに、そうしているうちに、やがて（おそらく、ラクー＝ラバルト氏の心の言葉も、乏しいわたくしの耳に、ときどきはじめたのか）目が清水に晒されるような感じで、ラクーがランボーの詩の行を、書き換えていることが判ってきて、……こうしてようやく、しっかりと読みとり得ていたのだった。〝言い換えること〟、〝書き換えること〟。

西山氏には、そっと小声で、お訊ねしてみたい。何故、変えや替えではなく、「交換」や「換骨」の換を選ばれたのかと。そこに名状しがたく、アルチュール・ランボーの金属的な韻の天才の匂いがし、あたかも、ランボーの拳（こぶし）が眼前に、突きだされる気さえしていた。フィリップ・ラクー＝ラバルトの決死の拳（こぶし）の「再標記」を読んでいただくために、次の個所を引用する。

脱－形象化［*dé-formation*］ということで私が言おうとしているのは、形象の破壊あるいは分解のあらゆる形式、さらに単純化して言えば、形象の希薄化、消失あるいは放棄のことであり、それは、私が、まずもって字義化［*littéralisation*］の徴しのもとに位置づけておいたところのものである。しかし当然のことながら、脱―形象化は形象の禁圧でもなければ、ましてや止揚（*Aufhebung*）でもない。事象を名づけることは、観念、概念あるいは本質を越え出ることではない――また、「現実的なもの」や「具

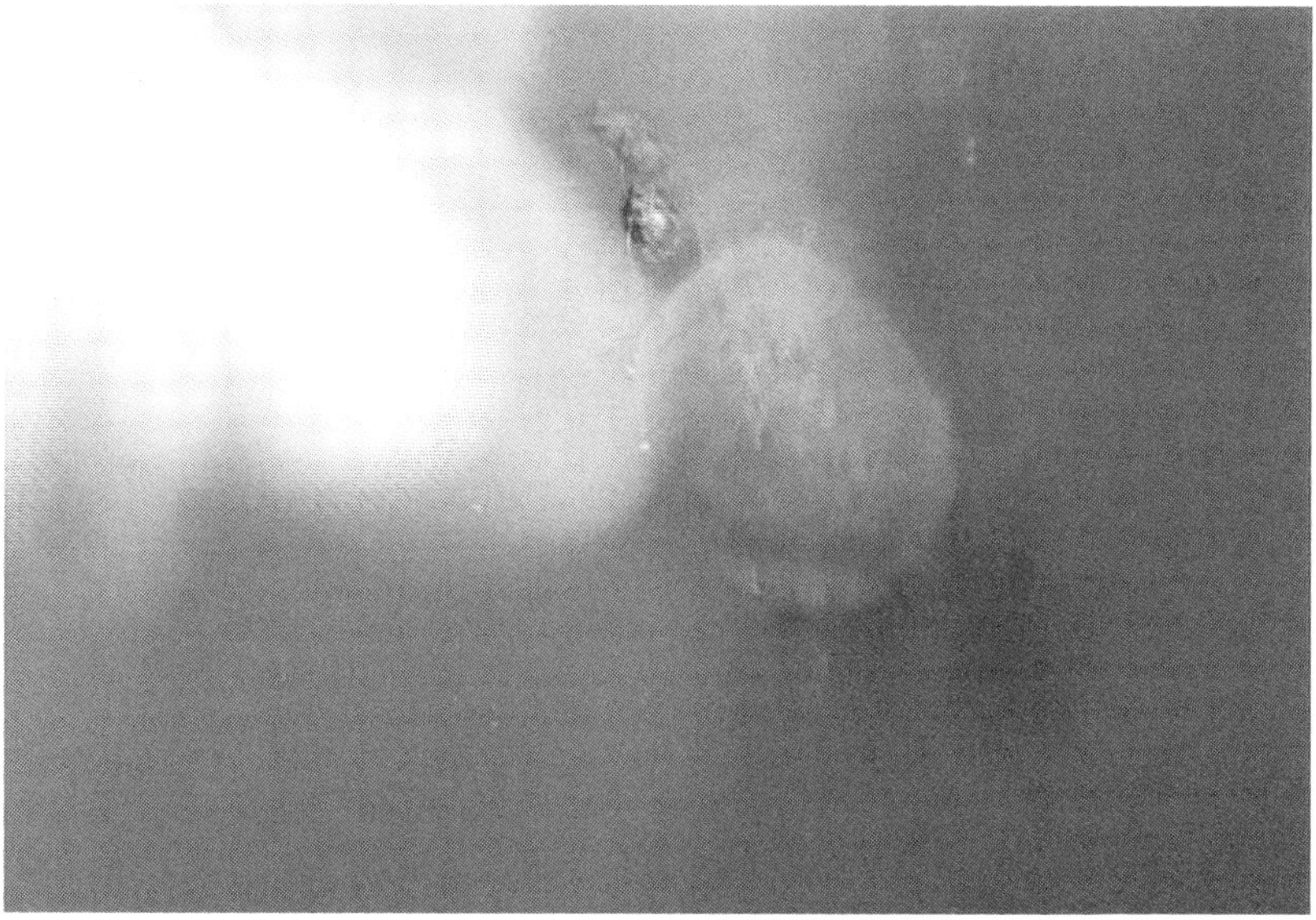

> 体的なもの」の名において、それらの虚しさを宣告することでもない。むしろ、それらを再標記する［*remarquer*］こと、しかしその窪みにおいて、あるいはその陰画《ネガ》において……
>
> （『ハイデガー　詩の政治』一三九頁）

『環』の薄いパンフが出された、七年前既に、紙上の決死の哲学者、ラクー＝ラバルトと出逢っていたことを知り、駒場で同席していたはずの、湯浅博雄氏の「ランボー全集」（青土社）の上記の個所を開いた。

〝なんという生活でしょう！　真の生活というものがないのです。〟

（幾つか、訳をみて、僕は、今日は、この訳の殊に「真」がすきだ、……）「真」が、「別」の奴らが、すぐ傍で出を待とうとしてるぜ。三回、三ヶ月にわたる「フィリップ・ラクー＝ラバルト」を終える。終りはしないけどさ。写真は、阿弥陀ヶ池、浮いてきた亀、折口さん。時間《とき》も現場《ところ》も、襲ねられ、経《つぐ》けられて、現われてきている。

# 75　阿弥陀ヶ池

『川の光』（中央公論新社、二〇〇七年七月二十五日刊）という、松浦寿輝氏の新刊の美しい書物に見惚れていた。見惚れている眼にたつ霧なのか、霧のなかに舫《もや》いが、その色や縞目もみえそうな気がする、そうして舟人の姿や影も、綱手《つなで》さえも浮かびでる。書名から、細みの色々のかぜが戦《そよ》ぐような装本からも。あれは、たしか、江戸川の水霊の顕つ、『幽（かすか）』という忘れがたい名作が、松浦氏にはかつてあって、この『川の光』は、その再来、江戸の水の光だ、……。

これは、わたくしの筆などではとうてい達するに及ばぬ、おそらく、太古からの幾重もの水の瞳の層（〝水の瞳（メ）の層〟とは、ごめんなさい、奇妙ないい方です、……）その想像圏、あるいは想像世界の深みにふれることなのだろう、そんな〝水の瞳《メ》〟の人を、芥川龍之介、タルコフスキー、泉鏡花、芭蕉さん、……と数えあげてみる、……。彼らが、それぞれに、無意識の底でとらえた物の音を、わたくしたちもきくことが可能だ（芭蕉「野分して盥（たらひ）に雨を聞く夜哉」）。

松浦寿輝氏の（きっと「名作」ともうきめ込んでいる、……）『川の光』に心を揺りうごかされた理由《わけ》は、もうひとつ。覚えていて下さいますでしょうか、『機』先月号の折口信夫所縁《ゆかり》の阿弥陀ヶ池（大阪西区）に浮かび上って来ていた〝小亀〟の姿を。映像化（*gozo Ciné #12*）を通して、幾人もの方々の瞳をも驚かせ、そのお池の底を、さらに、透視するようにして、心は水の道を、大水府大阪の水路を追って行きました、……。（今月は、印刷所の方々と溝尻敬氏が、昭和二年の大阪地図の細かな町の匂いをこの紙上に滲むようにして下さるかどうかが勝負だ、……）お気付きの方々も多いと思う。最新の都市市街図から〝川の光〟が消えた。書店等で市街図を眼にしたとき、たかだか齢（よはひ）六十八の僕の眼でさえ仰天したのだから、〝我が泪ふるくはあれど泉哉〟の蕪村さんだったら、魂消てしまったのではないだろうか。地図が地図でなくなった。まさかここまで、……と驚きかつ悲しみ、古地図を求めての眼の旅が、今度ははじまっていた。地図のこころのようなものが、今月の『機』の紙上にあらわれますように、……。阿弥陀ヶ池、鷗町公園（折口信夫生地）、通天閣、……折口所縁の場所に付箋を貼って、……これからは、わたくしたちも、それぞれ、自作の地図をつくって、記憶の隅の水の香り、街の火を再創造しなくてはならないのかも知れない。先月号『機』で引いた、いまは亡き仏蘭西の哲学者フィリップ・ラクー＝ラバ

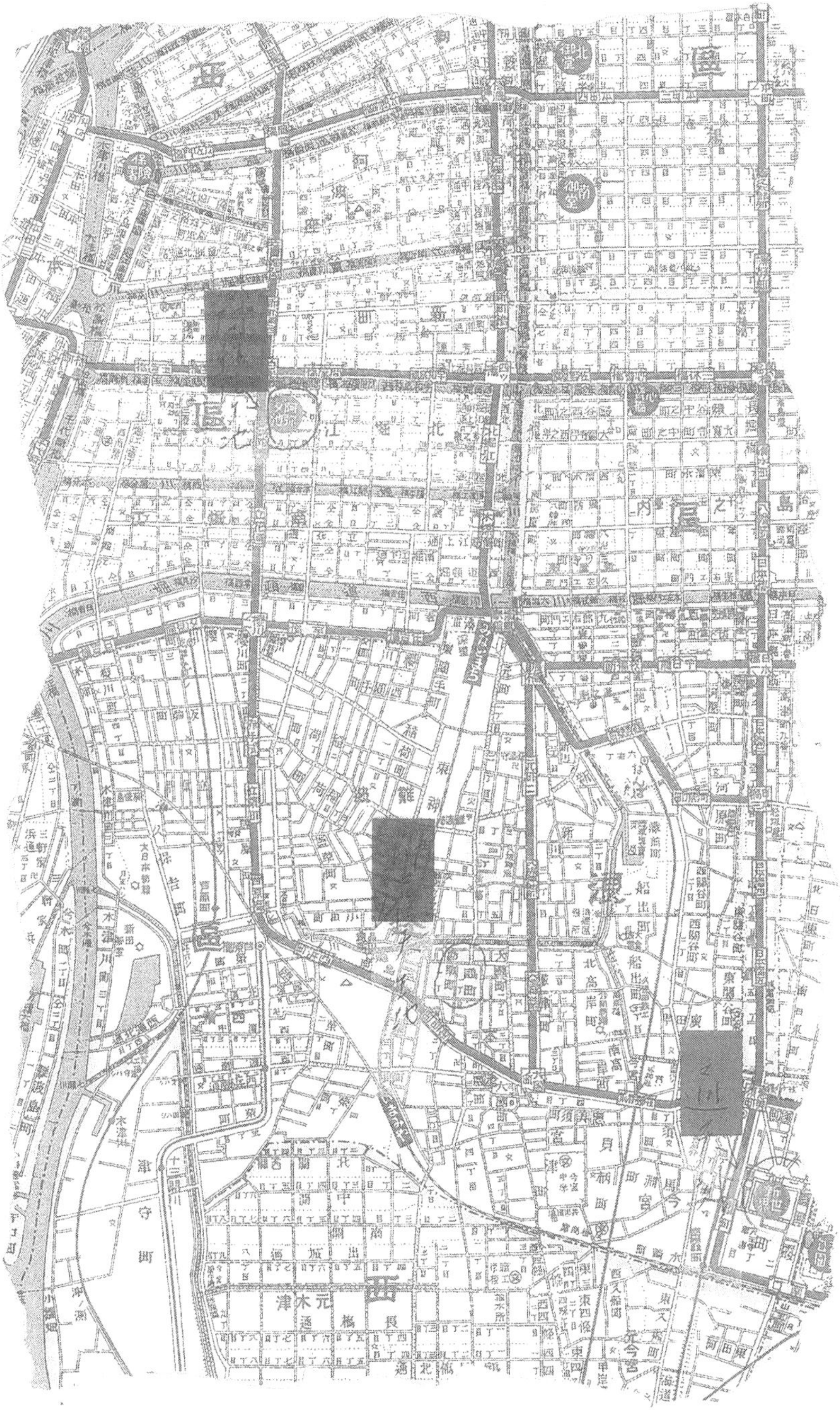

ルト氏の〝再標記する〔*remarquer*〕こと、しかしその窪みにおいて、あるいはその陰画《ネガ》において、……〟を、手は空を横切って、大阪市街図に、阿弥陀ヶ池に、お札（ふだ）を貼り付けるようにして、こうしてあらたに〝再標記する〟のだ、……と、読み換えて、あるいは書き換えていたのかも知れなかった。

# 76 鏡花フィルム――逗子

『機』先月の誌上の地理図（大阪市街図、昭和二年）は、いかがでしたでしょうか？　まさか、古い地図を誌上に〝そぞろ歩き〟のミチへと、こうして這入って行くことになろうとは、……。この〝まさか、……〟にも、怖ろしいほど深い理由（わけ、……）のおそらく貯まりがあるのでしょう。〝まさか、……〟を、心の白い杖のようにして、今月は、綴りはじめ、綴りおえてみたい。わたくしの白い杖は、じつは、性能のよい *digital Video Camera* なのです。昨年から不意にはじめた *Ciné* 制作が佳境に、……その〝佳境に、……〟の些末な、取るに足りなさ、……等々を、だからだろうその心を地に、湧き水のように滲みだして来た驚き、……それを素直に、いまから綴ることができるとよいのだが、……。

〝取るに足りぬ〟がキー・ワードなのか、あるいは湧き水、泉《いづみ》がキー・ワードなのか。

（あっ！　ルビを振って、しばらくして、何処からか、呼び声がする。（何ってことねぇぜ））「鏡花フィルム——Ⅲ、逗子篇」の制作に、秋立つ一夕、岩肌の羊腸（はらわた、……）で、頰《ほゝ》面を擦られる気がする横須賀線の鎌倉から逗子のあたり、戸《ドアー》の傍に *degital Video Camera* を、杖のように、下にむけて、*on switch* を、咄嗟にユビは、押していた。そのとき、わたくしのは、ほぼ一ヶ月の鏡花心読によって、たしかに、過敏には、なってはいたのだが、一瞬の自らの仕草を通して現れて来た、第三の眼がとらえた〝身体の崖〟 *or*〝身体は泉〟の景色は、凄まじかった。たとえば、これまで、生涯、全盲だった方が、どうした秘蹟によってか、俯《うつむ》いて、白い杖を曳《ひ》いた、杖にすがった状態のままに、喩は逆《さかさま》だが、その瞳《メ》に自らの投身の姿が映る、……投身というより〝飛翔しているときの墜落の感覚、……〟それが、（すぐ傍《ソバ》の、……）*digital Video Camera's eye* に映ったのだった。下げていた、紙袋の *Royal Blue* の美しかったこと、……。

　機械の眼が、わたくしたちの第三の眼に、すでにもう成り果《おゝ》せているということよりも、その瞬きと出逢った刹那に開く、わたくしたちの身体に傷口を「鏡花フィルム」に、身を委ねつつ、あの再標記（フィリップ・ラクー＝ラバルト氏）を、第三の身《ミ》に滲み込ませようとしていたのかも知れなかった。眼とともに、傍（かたわら、……）の耳もまた、アンテナの方位を変更する。

　今月の冒頭の〝そぞろ歩き〟は、親友《とも》からの先号『機』へのご返事にあった。〝大阪は、

浄瑠璃が今なお息づいている水の都です。……曾根崎あたりの橋向うには、お初が太棹の撥に誘われて、そぞろ歩きしているような大阪に、今度は音をじっくりお聴きになりにいらしてくださいますように（小泉恭子さんの、お手紙より）。〟〝（肯《ウィー》、應《おゝ》よ）〟

# 77　酸漿《ほおずき》、鏡花《きょうか》、省吾《しょうご》さん

この夏の力（ちから、……）のようなものが、まだ、残っている熊本のホテルの朝、この日（九月二十七日、……）伺う高校二校（熊本西、熊本第一、……）のための空気づくりをしていて、鼓膜が、二、三重奏、……あるいは、異世界の音楽が、不意にそこに織りあわされて、不図、「耳の地図」という言葉が湧いてきて、聞いていたわたくしの耳さえも、その物音に驚かされていた。耳の底の深い地図は、それこそ耳にも音にも貴賤なし、……誰もが気が付きもせずに携えているものであって、その精妙と底深さに気が付いた瞬間であったのかも知れなかった。

何が「耳の地図」という言葉を浮上させていたのか。『機』のここ二回の地図上のそぞろ歩き、泉鏡花の天瞳（テンノメ、……）、水鏡、……あるいは〝天網恢恢疎ニシテ漏ラサズ〟という「老子」の言葉がほゞ同じときに、うっすらと脳裡に浮かんで来ていたことから察すると、大昔からこの言葉に親しんで来たであろう人々の〝天網〟のイメージもまた、「耳の地図」の上空には、明かに襲《かさ》なって居る。あるいは「ケータイ」のイメージさえも。朝食のテーブルに据えて、予習をして居たのは、堀口大學さんの名詩篇「母の声」。もう幾百度も、読んだり、聞いたりしてきたのに、この詩の底に、「地図」が、浮かんで来て居た。

母よ、
僕は尋ねる、
耳の奥に残るあなたの声を、
あなたが世に在られた最後の日、
幼い僕を呼ばれたであらうその最後の声を。
三半規管よ、
耳の奥に住む巻貝よ、
母のいまはの、その声を返せ。

おそらく〝耳の奥に住む巻貝〟から、古くまがりくねった耳の細道、耳の地図を、わたくしははじめてこの詩篇に読んでいたのだろうと思う。五十年の歳月（四歳で母を喪くして、

五十歳過ぎまで、……）、この耳の迷路の地図を、小さな大學さんの姿が、心細そうに歩いて居た。一方、鏡花の耳の地図だとこうだ。〝ほのぼのと見《み》える材木《ざいもく》から又《また》ぱらぱらと、其處《そこ》ともなく、鋸《のこぎり》の屑《くづ》が溢《こぼ》れて落《お》ちるのを、思《おも》はず耳《みみ》を澄《す》まして聞《き》いた。〟（『三角尺』）〝酸《ほお》漿《ずき》を指《ゆび》に取って、笑《えみ》を含《ふく》んで、クウクウと吹《ふ》き鳴《な》らすと、コロコロと拍子《ひょうし》を揃《そろ》えて、近《ちか》づいただけ音《ね》を高く、調子《ちょうし》が冴《さ》えてカタカタカタ――〟（『婦系図』）。鏡花の耳は絶品だ。お蔦《つた》（蔦吉《つたきち》姉さん）が、口に銜《くわ》えているらしい、酸漿《ほおずき》が羨ましくて、桜井裕子さん（映像助手さん、本欄担当、……）に、入手方を頼んでみると〝市場にはもう出ていませんが、福岡の産地まで買いに行けば、……でも、流石に、酸漿《ほおずき》をもとめて、フクオカまでは、……〟というご返事だった。行ってみる？　これは、誰の声？　更地《さらち》に、水の音を、「水の駅」をみた、偉才太田省吾さんなら、肯（うん、……）行こうか……と。そうして、きっと、酸《ほお》漿《ずき》が、太田さんには、よく似あうだろう。

# 78 利根(*Tanne*)《たんね》はぬすびとのように

思いもかけない、耳の（洞穴《ほらあな》の）地下、……。『機』の、この頁が、無意識にさぐっている、坑道か獣道《けものみち》か杣《そま》人の径を、とうとうこの頁の筆者さえもが、恐る恐るなのだが、歩きはじめているらしい、……。なるべく、名付けないように、なるべく見付けられないように、しかし小さな、赤裸（あかはだか）の金太郎のような姿で……、葉のかるさおもさのようなものを、あるいは、鉞《まさかり》を掌に上せて、量るように揺らしてみつつ、歩をふんで行くことによってしか、この「耳の（洞穴《ほらあな》の）地下への路」は、辿れそうにない。

堀口大學さんだったら、猫が書物の隅《すみ》をふまないようにして歩いて行った、……と*comming*のスアシの妙と、足音に聞き耳を立てていたのであろうか、……。〝名付けないように、……〟この六、七行前の記述は、本当は、どう名付けてよいのか途方に暮れていたときの咄嗟の記述なのだが、おそらく〝聞こえないものに聞き耳を立てる〟〝もうひとつ別の鼓膜を創りだすことに心を集中する、……〃ということを含んでもいたらしい。そうして、態《わざ》と、気を免《ソ》らし、文脈を外して、怪童金太郎の赤ら顔や、仔猫の小さな小さな足裏のその色を、これまた、咄嗟に、……鼓膜のスクリーンの色に変換しようとしていたのだった。

卓越した小説家の室井光広氏から『カフカ入門――世界文学依存症』（東海大学出版会刊）を、恵まれた。開くとすぐに（六頁）、カフカが云ったという〃歯の音が聞こえますか？〃に出逢って、驚く。カフカは、〃異様にひびく〃チェコ語（*nechápu*）＝（わけが分らぬ）を、こうして噛みくだこうとした、歯を立てようとした、……それが文學《デイヒーハング》だ、……と室井氏は、語りだす。快哉《かいなるかな》！

折角だ。室井氏の引いた訳の、カフカの〃大口〃を聞こう。わたくしたちもまた、耳を立てる。（表紙の写真をみると、なんという、なんという、カフカの巨きな耳だ！）

**〈……最初の音節でくるみをはさもうとする、うまくいかない、で第二音節でガッとばかり大口をあける、今度はうまくはまりこんだ、よしというので第三音節がばしりといく、歯の音が聞こえますか？〉**

（新潮社版全集）

今日の、たとえばわたくしの「耳の（洞穴《ほらあな》の）地下」には、この（*nechápu*）が、アイヌ語に響く。生涯の書物そして *Ciné*『朔太郎フィルム日記――I』の制作に、利根川の河原に出て、*Memo* を綴りつつ、〃利根川はぬすびとのように〃朔太郎の詩行を、視界に、

広辞苑（電子版、……）を叩くと、何と、……（トネはアイヌ語の *tanne*――長い、の意から）と。

刹那、わたくしも、*tanne*（たんね）を、ばしりと噛んだ、に相違なく、そこに、刹那の底知れぬ、耳の洞《ほう》が、ガッと、口をあけていた。

# 79　気がつくとこのフネが、……ミホさんのフネ、……

終りの始まりの耳の洞《ほら》へ、……あるいは、終りもない始まりもない耳の瞳《メ》の底へ、……。

ごめんなさい、七年間にわたる（渡る、渉る、亘る、互る、……）『機』の貴重な一頁の、この連載も、今月と次の月のあと二回で〝汐どきだぞ、……〟と何処からか、赤銅色の漁師さんの荒《さ》び朱《しゅ》の声を、不図、耳にしたのか、わたくしなりに精根を尽した、この欄のフデを置こうとして、誰に云うともない、〝呪禁《じゅごん》のディアローグ〟が、冒頭の二行のように聞こえて、来て、いたらしい。

その〝汐どきだぞ、……〟の荒《さ》び朱《しゅ》の声に、耳を澄ましていると、これは説明がとっても難しいのだが、先月号、室井光広さんの書物で聞いた、カフカがチェコ語を嚙みくだく音の響きと、萩原朔太郎の耳が、おそらく無意識に聞きとっていたであろう〝*Tanne*《たんね》＝利根〟のアイヌ語の母韻がかさなって交響し、咄嗟に、『機』のページの書き手もまた、別の言葉のフネに乗って、離れて行って、スナ地に、古《コ》仏蘭西語か、古《コ》英語か何かで綴るのか、……、〝綴れやしまい、……〟そんな〝粒焼きのディアローグ〟、未知の言語へのさそいの声を聞いたものらしい。〝汐どき、……〟は、これで、ほゞ説明がつきました。では、何故、〝汐〟なの、……と、こんどは、初々しい乙姫《おとひめ》さんの小声が、耳元で囁くように、聞こえて来る。え、近松さんの『曾根崎心中』のおはつ（お初）さんの声？　大水府大阪にまで駈けるようにして行って、魚座の親友（星野学さん、小泉恭子さん、小生の三人の会）と夢中になってみた、あの可憐きわまりない、おはつの（ハジメテノ）恋の心が、少しあまえるようにして訊ねている〝なんで汐《しお》なの、……〟に、違いない。〝違いない、……〟は、おそらく、もうひとりの女（おんな？　姫が？　いや、フネ、……）が、背後で、あるいは〝いちばん下のほうで吹いて居る風〟（フランツ・カフカ、……）が、そっと撥している、声にならない声であったのかも知れなかった、……。いま、ここで、一艘のフネが、無言でものをいっているのに気がついていた。気がつくと、写真が、無言で、ものをいっている。『曾根崎』のおはつに、心底、惚れこんだ心身を、奄美に運んだ。鹿児島からは、帰りも行きも、海路フェリーで。三月に亡くなられた、島尾ミホさん追慕のそれは旅だったのだが、ミホさんの古里、加計呂麻島の瀬相港で、古仁屋《クンニャ》への帰りの最終便を、黄昏に、岸壁で、トンネル工事の人達と〝おめえ何やってるだ、……〟とお話しをしていて、気がつくと、なんと、このフネが、……。

フェリーかけろま

# 80 歩く言葉——ジャコメッティ

〝お仕舞いだからって、纏《まと》めるなんて、出来やしないわよ。〟おおよ〝纏め〟は〝纏《まとひ》（馬標（うまじるし）火消しの標（しるし）印半纏（しるしばんてん））〟だぜ。こうして、街角か柴折戸の一吹きの風が、人肌の香りとともに、刺青も一緒に入って来て、刹那の物語（*récit*、レスィ）が、書きはじめられるのだろう。それが畏《こわ》くて、……（才能＋αもなくって、……）フデが自らの小径を、見付けだしそうで、それが恐くて、七年の『機』の、このページの連載をお仕舞いにする？　肯《ウン》、それも当たってる。なんともいえない、畏怖、怖ろしさ。

（えっ?!　これ、アルベルト・ジャコメッティの『歩く男』の言葉?）

こんな「声」を耳にすることになったのも、七年もこれだけ長い間、ひと月も休まずに、手をうごかしつづけて来て、その手が虚構の方へと、垣根をふっと超えようとする、思いもかけなかった横超（あるいは横っ跳び。飛躍、……）の魔力のようなものの存在《ありか》、それに気が付いて手が竦《すく》んだ、……。虚実の皮膜の、皮膜それ自体の層の深さ、淵の深さに、とうとうそれに、気がついたことの証しではなかったか。「地声の底」、「世界の響き（エコー・モンド、エドゥアール・グリッサン）」、よりも、もっと細く切ない、海底の骨の小声、……。それとも、近松『曾根崎心中』の可憐きわまりないおはつ（お初）の心中の声が、今月の冒頭には、たしかに響いていて、〝女の深い声〟に、耳を澄ましはじめてもいたのだった。つい、三、四ヶ月前、「耳の地図」を、與謝野晶子、大學さんを通して、このページの語り手は、浮かび上がらせていたのだが、その奈落、海底（うみのそこ）の声はさらに深いものだと思う。その耳の奈落で、自らが語るのを聞く。イッタイゼンタイこれは、誰の声かと耳を澄ましながら慄然とする。

紙の白い頁は耳であるのかも知れません。鶴見和子さんもデリダも、道元もコルバンも、……。そうだなイバン・イリイチさんの巨きな耳にも、知らず知らずに感化をされて、こんなことをいいだしていたのかも知れなかった。書くことの手と耳、届けられる涯（はて、……）のないおそろしさ。

さて、どんな仕草で、中心の巨きな洞《ほら》のような「写真」の後姿（このいい方には、朔太郎の心が映ってる）に、挨拶をおくろうか。雨音もシャッター音もしなくなって、カメラのかわりに、フィルムを外光に翳して、世界の隅や繁みを歩くようになった。そうか「フィ

ルム」や「写真機」に〝おおよ、さらば、……〟という心根が、郷愁、愛惜とともに、手をとめていた。

もっともっと穂土気多《ほどけた》（造語です、……）「絆」（ジャック・デリダ、……）を、無縁の絆の綱を曳く、もっともっと襤褸ぼろの絆《きずな》（lien、リヤン）の声を、世界の響きの底へと曳いて行こう。

（えっ⁈ これ、アルベルト・ジャコメッティの『歩く男』の歩く言葉？）

ありがとうございました。

# あとがき

ながいあいだ『機』のバックナンバーに埋れるようにしてときを過してきていましたので、そのときが終ることがほんの少しだが惜しい気がする。

各号の編集者、ながいお付き合いの藤原良雄氏に深い敬意と御礼を申し上げつつ、……そうか、作者はいったんここで消える、……お役目を終えるのだ。

足入れて二揺一揺初湯かな　　安東次男

ここからがあたらしい領土です。読んで下さる方々の胸に、あたらしい火が点りますように。編集の山﨑優子さんに、装丁の井原靖章氏に、ありがとうを。

2016. 3. 31 Tokio　gozo. y.

＊本書は、『機』誌（藤原書店）に二〇〇一年二月〜二〇〇八年一月にわたって連載された「triple ∞ vision」全八十回をまとめたものである。

## 著者紹介


**吉増剛造**（よします・ごうぞう）

1939年東京生。詩人。大学在学中から旺盛な詩作活動を展開，以後先鋭的な現代詩人として今日に至るまで内外で活躍，高い評価を受ける。評論，朗読のほか，現代美術や音楽とのコラボレーション，写真などの活動も意欲的に展開。著書に『出発』（新芸術社）『黄金詩篇』『オシリス，石ノ神』『表紙 *omote-gami*』（思潮社）『螺旋歌』（河出書房新社）『剝きだしの野の花』『盲いた黄金の庭』（岩波書店）『詩をポケットに』（NHK出版）『長篇詩 ごろごろ』（毎日新聞社）『キセキ -*gozoCiné*』（DVD付，オシリス）『静かなアメリカ』『裸のメモ』（書肆山田）『詩学講義 無限のエコー』（慶應義塾大学出版会）他多数。共著に高銀との『「アジア」の渚で』（藤原書店）他。文化功労者，2015年日本芸術院賞・恩賜賞，日本芸術院会員。



### 心《こころ》に刺青《いれずみ》をするように

2016年 5月30日　初版第1刷発行©

著　者　吉　増　剛　造
発行者　藤　原　良　雄
発行所　株式会社　藤　原　書　店

〒162-0041　東京都新宿区早稲田鶴巻町523
電　話　03（5272）0301
ＦＡＸ　03（5272）0450
振　替　00160 - 4 - 17013
info@fujiwara-shoten.co.jp

印刷・製本　中央精版印刷

落丁本・乱丁本はお取替えいたします
定価はカバーに表示してあります

Printed in Japan
ISBN978-4-86578-069-7

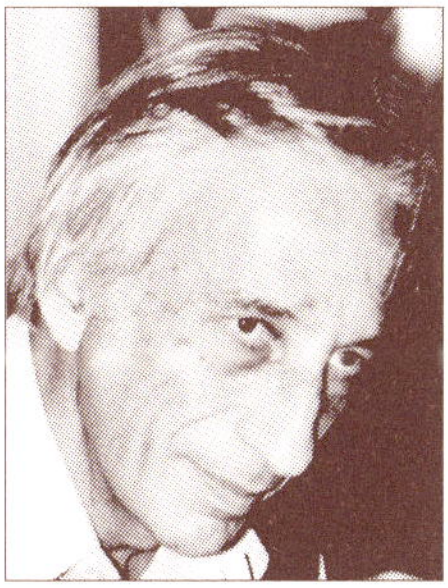

**現代文明の根源を問い続けた思想家**

# イバン・イリイチ

(1926-2002)

1960～70年代、教育・医療・交通など産業社会の強烈な批判者として一世を風靡するが、その後、文字文化、技術、教会制度など、近代を近代たらしめるものの根源を追って「歴史」へと方向を転じる。現代社会の根底にある問題を見据えつつ、「希望」を語り続けたイリイチの最晩年の思想とは。

---

**一九八〇年代のイリイチの集成**

## 新版 生きる思想

**（反＝教育／技術／生命）**

**I・イリイチ**
**桜井直文監訳**

コンピューター、教育依存、健康崇拝、環境危機……現代社会に噴出している全ての問題を、西欧文明全体を見通す視点からラディカルに問い続けてきたイリイチの、一九八〇年代末発表草稿を集成した『生きる思想』を、読者待望の新版として刊行。

四六並製　三八〇頁　二九〇〇円
（一九九一年一〇月／一九九九年四月刊）
◇978-4-89434-131-9

---

**初めて語り下ろす自身の思想の集大成**

## 生きる意味

**（「システム」「責任」「生命」への批判）**

**I・イリイチ**
**D・ケイリー編　高島和哉訳**

一九六〇～七〇年代における現代産業社会への鋭い警鐘から、八〇年代以降、一転して「歴史」の仕事に沈潜したイリイチ。無力さに踏みとどまりながら、「今を生きる」ことへ――自らの仕事と思想の全てを初めて語り下ろした集大成の書。

四六上製　四六四頁　三三〇〇円
（二〇〇五年九月刊）
◇978-4-89434-471-6
*IVAN ILLICH IN CONVERSATION*
Ivan ILLICH

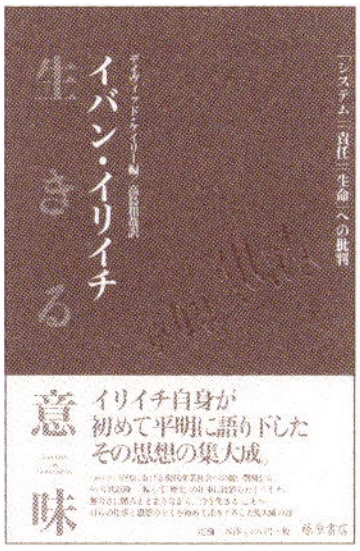


---

**「未来」などない、あるのは「希望」だけだ**

## 生きる希望

**（イバン・イリイチの遺言）**

**I・イリイチ**
**D・ケイリー編　臼井隆一郎訳**

「最善の堕落は最悪である」――教育・医療・交通など「善」から発したものが制度化し、自律を欠いた依存へと転化する歴史を通じて、キリスト教－西欧－近代を批判、尚そこに「今・ここ」の生を回復する唯一の可能性を探る。

［序］Ch・テイラー

四六上製　四一六頁　三六〇〇円
（二〇〇六年一二月刊）
◇978-4-89434-549-2
*THE RIVERS NORTH OF THE FUTURE*
Ivan ILLICH

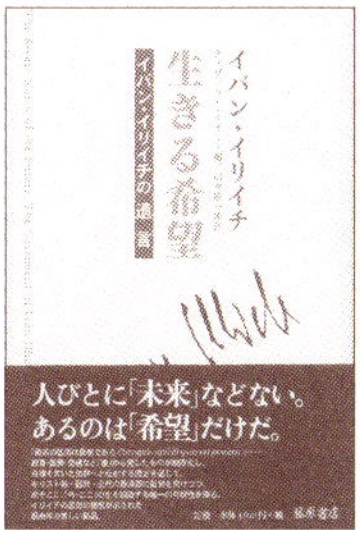